Laurent Vignat

AVALER L'ÉTINCELLE

Né en 1970, Laurent Vignat enseigne les Lettres en Bourgogne. Il anime également des ateliers d'écriture. Depuis plus de vingt ans, une heure par jour, il écrit : des nouvelles, des romans, des contes, des essais. Et cela lui fait du bien. Quand il n'écrit pas, il pédale ; il fait la classe ; il lit ; il essaie de comprendre le monde et parfois s'en effraie ; il passe la tondeuse ; il va à la rencontre des lecteurs ; il mesure en lui l'avancée du temps : cela l'apaise ; il se réjouit d'un mercurey rouge ; il se bricole des sérénités fragiles. Et il écoute Beethoven, tant qu'il est encore là.

© Rémanence, 2024
Collection Le Labo
Tous droits réservés
ISBN : 9782378700485
Statue en couverture : monument à Beethoven, Vienne
fotomarekka / Shutterstock

form
AVALER L'ÉTINCELLE

Freude, schöner Götterfunken[1]…
Friedrich Schiller, Ludwig van Beethoven,
« Ode à la joie », *Neuvième Symphonie*

*Quand quelque chose disparaît,
ça ne manque pas…*
Gilles Deleuze, Claire Parnait, « Culture »
Abécédaire

---

1. Joie, belle étincelle divine.

PREMIER MOUVEMENT

J'allais vers mes dix-sept ans.

J'étais grande, j'avais la taille fine, le buste large, mon visage était un grand ovale laiteux. Ma mère disait que j'étais une « belle plante ». Je haïssais cette expression.

J'étais née de traviole. À douze ans, on m'avait scié la hanche gauche parce qu'elle était trop haute. Pendant cinq ans, j'ai porté un corset pour être remise droite. Je pensais à l'époque que je boiterais à vie. Ce qui n'est plus vraiment le cas, sauf les jours de fatigue ou de pluie.

À douze ans, toujours, mon père est mort. D'un coup. Le cœur explosé. Sans raison. Ce qui a fini de me détraquer.

Je vivais avec ma mère. Elle était « nounou », « assistante maternelle ». Méprisante, je me demandais comment elle pouvait s'occuper des enfants alors qu'elle semblait ne rien comprendre. Avec ses tempes rasées, ses mèches violettes, ses tatouages hideux sur les phalanges, elle s'obstinait dans une adolescence pathétique. Elle écoutait de la variété française. Elle en chantait aussi. Du Mylène Farmer surtout. Le samedi soir, elle fumait parfois un joint avec un mec du village, « son » mec que je détestais. Il s'appelait Jérôme. Il avait une grosse tête naïve sans grand-chose à l'intérieur. Contre sa cuisse tintinnabulait son utilité sociale, un amas de clés : agent municipal, il avait accès à tous les locaux du village. Parfois, il restait dormir, ce que je détestais encore plus. Ses savates en cuir caca qu'il faisait traîner sur le faux parquet me donnaient des haut-le-cœur.

Quand Delphine – c'est le prénom de ma mère – essayait de me faire la leçon sur mon attitude, mon accoutrement, mon maquillage, je la shootais d'un ricanement. Le ricanement, c'était mon arme de destruction massive, mon AK-47. Dès qu'un adulte me reprochait quelque chose, surtout le matin, je le regardais bien en face et sans que rien ne bouge sur mon visage, je balançais ma mitraille ricaneuse. Et souvent, après ma tranquille déflagration, le type se décomposait. J'étais comme ça, je crois.

À l'époque, donc, il ne fallait rien me demander le matin. Le matin, j'étais un paquet hargneux avec une hanche sciée. Or, dès huit heures, alors que le monde était encore plein de nuit, on devait lire, écrire, réfléchir, faire des petites foulées autour d'un stade marécageux et chanter. Chanter…

Un de ces matins, la prof de musique, une gothique plutôt sympa d'après mes souvenirs, m'a demandé de le faire. Elle a insisté ; je l'ai shootée d'un ricanement terrible, terriblement ajusté, universellement stupide, auquel j'aurais joint, a-t-on affirmé, une insulte. Le soir même, le directeur a appelé chez moi et m'a envoyé devant une « commission disciplinaire ».

C'est un petit tribunal au C.D.I. avec des profs, des parents d'élèves et l'administration. Je connaissais ce cirque. Je l'avais connu dans un collège précédent.

En cinquième, j'avais traité un prof de maths de pervers à cause de ses regards bien appuyés sur mes seins naissants. J'avais créé un sacré raffut car c'était l'enseignant au-dessus de tout soupçon, le Zeus de la salle des profs. Inattaquable. L'as des équations voulait porter plainte. Devant la commission, je m'étais défendue. Le prof avait nié. Avait balancé le mot « diffamation ». Mais moi, ces mots-là, ça ne me faisait pas peur. Je leur cassais la gueule. J'avais plaidé pour que le corps des femmes cesse d'être sexualisé par le regard des hommes (j'avais lu ça sur Internet et ça faisait une phrase bien claquante à balancer). J'avais impressionné tout le monde, surtout une prof de français, par ma tchatche, mon éloquence. Finalement, on avait essayé de me faire comprendre que j'avais sans doute mal interprété les regards du Pythagore, homme irréprochable qui, en vingt-cinq ans de carrière, n'avait jamais connu pareille accusation. Il déprimait grave depuis. On m'avait jugée hypersensible, ce qui était vrai ; on m'avait jugée excessive, ce qui l'était encore plus. Une psy s'était interrogée sur l'origine de cette hypersensibilité : cela n'avait jamais dépassé le point d'interrogation.

Sans m'exclure, on m'avait indiqué la porte de sortie. Ce qui tombait bien car ma mère comptait, après le décès de mon père, s'installer à la campagne, là où nous vivions désormais.

Mon histoire avec la prof de musique m'a valu trois jours d'exclusion. Avec un mot d'excuse et un entretien avec l'infirmière du collège et ma mère.

L'infirmière a adopté le ton doucereux de l'empathie, celui qu'on lui a appris à prendre. Derrière de grosses lunettes carrées et jaunes, ses petits yeux noisette ont donc cherché à comprendre.

— Qu'est-ce qui t'a pris, Marlee ? En plus, madame Caillot est connue pour être une professeure à l'écoute, compréhensive.

Pas de problème. J'en ai convenu volontiers. J'ai dit que ce qui s'était passé n'était ni sa faute ni même la mienne mais que c'était à cause de l'emploi du temps, cette grille qui quadrille la vie dès huit heures du matin. Qui, à huit heures, peut être opérationnel et souriant et performant après des déserts d'insomnie ? J'ai parlé de mes draps qui pleurent, des élastiques qui me nouent le ventre.

Après avoir pris des notes, l'infirmière s'est composé un air profondément inspiré pour annoncer qu'elle allait mettre en place un dispositif d'accompagnement. Un truc à initiales, une liasse de papiers avec des cases à cocher.

— Marlee dort très mal depuis des années, depuis le décès de mon mari, a justifié ma mère d'une voix coupable.

L'infirmière m'a regardée, m'a demandé si c'était le chagrin qui m'empêchait de dormir. Je n'ai rien répondu parce que ça touchait profond. Il y a eu un long silence que l'infirmière a rompu en mettant sur son bureau un dossier à mon nom qu'elle a ensuite ouvert.

— Bien. Tu es arrivée l'an passé, après un déménagement. Tu t'es fait des amis ?

— Une. Anna. Anna Maurier.

J'ai parlé d'Anna. À l'époque, elle avait un beau visage rond, souriant, des yeux qui scintillaient, qui scintillent encore.

Anna, je l'avais tout de suite remarquée parce qu'elle se détachait du moule du collège. Elle refusait les vêtements de marque. Elle s'habillait de chemises d'homme et de pantalons de velours qu'elle trouvait dans des friperies. Elle aimait les vieux groupes planants, lisait de la littérature fantastique, avait des opinions politiques, jouait de l'accordéon. C'était la classe décalée. Elle m'éveillait. Et c'était une vraie masse question notes, mais pas dans le genre poussif polarisé. Elle réussissait avec élégance.

— Tes résultats du premier trimestre sont plutôt inquiétants. Sauf en français et en histoire-géographie, toutes tes moyennes sont en dessous de huit, a-t-elle continué en scrutant sur son écran mon casier scolaire.

J'ai commencé par mollement me justifier : dans ce collège, le niveau était nettement plus élevé que dans mon établissement précédent, où c'était si pitoyable qu'on avait remplacé les notes par des couleurs — avec du rouge, du jaune, du bleu, du vert, la médiocrité, ça passe mieux. Mais, en réalité, il faut l'admettre, je ne faisais rien. Sitôt le cours terminé, mon cerveau tirait le rideau.

L'infirmière a alors ouvert la boîte à discours sur l'orientation. L'orientation !

— Que veux-tu faire, l'an prochain ? Tu veux aller au lycée ? Tu as un métier en tête ?

Je me suis levée pour faire quelques pas dans l'infirmerie. Rester trop longtemps assise me faisait souffrir. La douleur m'éventrait les côtés. J'avais l'impression que deux cornes poussaient sur mes hanches. J'ai regardé sur les murs jaune d'œuf les affiches contre le tabac, la drogue, sur la contraception, la préservation de la planète, les règles d'hygiène pour lutter contre les virus saisonniers, pendant que l'infirmière piétinait dans mon avenir qui n'existait pas.

— Alors, Marlee, tu veux pas répondre à madame Castaro ? a insisté ma mère pour se remettre dans le jeu de la discussion.
— Je serai Wonder Woman, pour sauver le monde !

Le village où je vivais avec ma mère, c'étaient des maisons bordant deux routes qui formaient un angle droit. Autour, c'étaient des champs puis des bouts de forêts.

Notre maison en briques rouges était posée au sommet de cet angle. À droite, le cimetière ; à gauche, l'ancienne école, devenue salle polyvalente où quelques vieux de l'après-midi jouaient aux cartes, où des vieilles tricotaient ou faisaient des concours de cuisine. C'était comme ça, la campagne, à l'époque.

Le matin, ça s'emballait un peu quand les jeunes couples qui travaillaient en ville déposaient leurs enfants chez les trois assistantes du village. À la maison, le défilé commençait dès sept heures. Il y avait les mamans nerveusement pomponnées, inquiètes pour une rage de dents ou un rhume ; il y avait les papas, souvent en costume, des sourires de plastique plaqués sur des visages livides, empêtrés par un maxi-cosi ou une poussette. Je n'enviais pas leur vie, une vie où il faut arracher un enfant au sommeil pour aller faire du fric à la ville. Si c'était ça, avoir des enfants, il faudrait que le monde se passe de mon utérus ! Qui s'en passerait fort bien d'ailleurs. Pourquoi peupler la Terre déjà en surcharge de mioches qu'on trimballait comme des sacs de sport ?

Habituellement, j'affectais la plus totale indifférence vis-à-vis du boulot de ma mère. Mais comme j'étais assignée à résidence à cause de mon exclusion, j'ai concédé un petit coup de main. J'ai assemblé quelques gros cubes pour Ethan qui, de ses gros yeux morveux, me regardait comme si j'étais une débile, tandis que le jour peinait à se lever.

Le lendemain, comme le soleil s'était enfin décidé à montrer sa grosse tête blonde, je suis partie en direction de la forêt. J'ai expliqué à ma mère qu'il fallait que je marche à cause de ma hanche, manière de m'éviter Ethan, ses yeux collés, et Juliette, ses airs précoces de pimbêche.

Comme d'habitude, j'ai d'abord eu mal. J'ai adopté la démarche chaloupée d'un Playmobil détraqué. Heureusement, après une dizaine de minutes, quand la mécanique est devenue chaude, la douleur s'est estompée.

La campagne était vide. Ni vaches ni tracteurs.

À cause du détraquage climatique, on disait que les paysans se pendaient dans leurs exploitations. Ceux qui parvenaient à survivre vendaient des poireaux, des rutabagas, des panais à des gens de la ville.

Celui que je connaissais s'appelait Norman : il avait de grands yeux clairs, une peau blanche, des cheveux carotte. Il avait des mains terreuses et des mots de technocrate qui lui déformaient la bouche.

J'ai avancé sur la route face au gros soleil joufflu qui ne chauffait pas vraiment, puis j'ai atteint la forêt où je me suis enfoncée en empruntant un sentier.

Les feuilles de l'automne craquaient sous mes baskets. Chacun de mes pas faisait naître des odeurs de champignons, de bois mouillé.

J'aimais.

J'aimais parce que j'étais seule. Parce qu'il n'y avait personne pour exiger des trucs sur mon avenir, pour me faire chanter, pour me demander des comptes, pour m'évaluer.

J'aimais parce que le monde entrait en moi avec son vacarme et ses respirations.

Il y avait du vent qui faisait chanter des branches, des piafs qui ricanaient dans le ciel. À mes côtés, dans les fossés, toute une petite faune zigzaguait. Si j'avais collé mon oreille contre la terre, j'aurais entendu le raffut des coccinelles et des lombrics. Merveilleux spectacle qui évacuait mes amertumes, qui torgnolait mes angoisses, tout ce qui racle à l'intérieur.

Alors que je pastoralisais comme une robinsonne, pâquerettes et brindilles dans ma tignasse un peu dégueu', j'ai entendu un autre sifflement, celui-là pas du tout nature du début du monde. J'ai sorti mon portable.

« Salut Marlee ! J'espère que tu vas bien. Tu me manques trop. Pas d'ambiance, sans toi. Je te prends les cours. Demain, portes ouvertes au Conservatoire. Tu peux être là ? Mon frère joue dans l'orchestre. Je te laisse : commence le cours de maths. Des milliards de bécots. '»

Ma mère m'a demandé, quand elle m'a vue sortir de la salle de bain :

— Tu crois que tu peux y aller comme ça ?

J'avais dessiné deux petites ailes de chauve-souris sur mes paupières et mis le bustier orange, galbé, que j'avais acheté avec Anna dans une friperie. La seule chose qui m'embêtait, c'étaient mes pieds, c'est-à-dire mes baskets encore crottées par la terre de la forêt. J'aurais été beaucoup plus princesse dans des ballerines de Cendrillon, mais impossible de glisser là-dedans des semelles orthopédiques ! Il fallait me résigner : je serais la princesse en Nike Air Max évoluant dans des grandes salles pleines d'or, de lustres, de grandes fenêtres lumineuses – les gens de mon milieu ont des imaginations pauvres.

Le Conservatoire, évidemment, ce n'était pas comme ça. C'était un gros pachyderme bétonné dressé sur des colonnes entre lesquelles des tas de gens discutaient, fumaient ou rêvassaient. Certains portaient sur leur dos des cartables molletonnés de toutes les formes, des longs, des ronds, des cubes.

Quand je suis sortie de la voiture de ma mère, j'ai tout de suite vu Anna, fougueuse, qui s'est précipitée sur moi, m'a enserrée dans sa doudoune, m'a dit que j'étais super belle comme ça : elle sentait la cerise et ses cheveux en bordel la brioche. Ma mère l'a saluée puis remerciée de s'occuper de moi. Ma mère, quand elle faisait ce type de recommandations, et elles étaient très fréquentes, j'avais toujours l'impression d'être une créature qu'il fallait manier avec une extrême prudence comme un bacille hyper-tueur dans une éprouvette.

Anna m'a tirée par le bras pour m'emmener à l'intérieur.

— Ça n'a pas été trop dur de rester chez toi ?

— Non, ça s'est bien passé… ai-je répondu, distante.

Je crois qu'elle n'aurait pas compris mes bonheurs de solitaire libérée des griffes du monde.

Nous sommes entrées dans le Conservatoire. C'était un vaste hall qui s'élevait sur plusieurs niveaux. Anna m'a expliqué que nous pourrions assister à toutes sortes de concerts de toutes sortes de musiques, jazz, rock, musiques du monde, musique classique.

— On ira écouter mon frère Ivan, il est hautboïste dans l'orchestre symphonique.

Malgré tous mes efforts, je n'ai pas pu dissimuler l'ignorance crasse qui m'a saisie.

— Il joue du hautbois, a précisé Anna. C'est un instrument à vent. Tu n'as jamais fait de musique ?

Je me suis souvenue de la vieille guitare de mon père qui restait sous l'escalier et que ma mère gardait parce que ça faisait une chouette déco. Il paraît qu'il en jouait, mais très mal. Quant à faire de la musique, je ne savais pas ce que c'était. Faire, c'est fabriquer. Je n'ai jamais compris comment des petites crottes de lapin sur des lignes pouvaient devenir des choses agréables à mettre dans les oreilles et qui faisaient de certains moments de la vie des extraits de film. Ceux qui « faisaient » de la musique, ils étaient d'une autre planète. Parmi ces extraterrestres, ce jour-là, j'en ai d'abord vu quatre qui faisaient du jazz : un truc désordonné où chacun jouait n'importe quoi dans son coin. Parfois, trois parmi ces quatre jouaient moins fort pour permettre au quatrième de jouer un peu tout seul et de recueillir à la fin de petits applaudissements feutrés. Je n'ai pas tout compris. Dans une autre salle, une vingtaine de ponchos bariolés soufflaient dans des tubes de bambou, grattaient de petites guitares, agitaient des maracas, braillaient de l'espagnol. À mes côtés, Anna a commencé à se déhancher. Moi, je suis restée statue. L'exotique, je m'en méfiais. Il y avait là quelque chose qui ne collait pas. C'était le côté « importation » sans doute.

Dans une autre salle plongée dans le noir, j'ai entendu une voix flûtée s'élever d'une fille de mon âge. Elle chantait une prière qui la calait près des anges, pendant que le pianiste égrenait des notes délicates comme des gouttes d'eau tombant dans un seau. Rien à dire si ce n'était que c'était beau, en soi, tout seul. Une évidence.

Je me suis installée sur un strapontin et je me suis rendu compte que j'étais fatiguée. Je serais bien restée longtemps là, dans cette petite salle calfeutrée à voyager avec cette fille dans l'empyrée si Anna ne m'avait pas une nouvelle fois tiré le bras pour m'emmener dans la plus grande salle du Conservatoire, un immense œuf tapissé de bois où des rangées de fauteuils marron entouraient une scène. Là s'installaient bruyamment, dans la rigolade, des musiciens.

Décontractée dans ce tumulte, Anna m'a fait monter sur la scène, a salué un tas de types avant de me présenter son frère, qui était en train de suçoter une espèce de paille au sommet de son instrument. Son frère : mince, bouc triangulaire, yeux en désordre, cheveux flous, pommettes aiguisées, col de chemise blanche sur pull noir constellé de pellicules – beurk ! - : mélange de concentration et de négligence. Mais je suis émue.

— Salut ! me lance-t-il, à peine là, absorbé par son hautbois.

Après avoir émis une série de couinements tremblotants, il me demande, cette fois-ci en me regardant :

— Tu connais forcément la *Neuvième* ?

Ce « forcément » me met mal à l'aise. C'est comme si on venait de faire un clin d'œil à un aveugle. Je souris un truc tout gêné qui n'a pas échappé à Anna.

— C'est la *Neuvième Symphonie* de Beethoven. Tu connais le final. Ça fait comme ça...

Elle se met à fredonner quelques « la la la... » d'une voix de gamine.

— Arrête, Anna ! Tu fais mal aux oreilles ! coupe Ivan.

— Ah ! c'est que Monsieur a des oreilles très sensibles, tacle mon amie. Elles sont absolues !

Son frère hausse les épaules, puis me regarde à nouveau, semblant enfin me découvrir. Sa voix s'est adoucie.

— Aujourd'hui, on ne répète que l'Adagio. C'est un extrait, c'est le mouvement lent. On joue entièrement la Symphonie dans une semaine. Il faudra que tu viennes. Ça promet. Installez-vous, la cheffe arrive.

Au même moment monte sur la scène une petite femme brune, coupe au carré, chemise noire à col mao, énergique, accueillie par une série de cliquetis d'archets sur les pupitres.

Nous nous mettons au premier rang. Peu de monde autour de nous. Anna a posé sa main sur mon poignet. Elle me dit que je vais adorer, elle pétille d'avance ; moi, je ne sais pas. Les fauteuils sont très confortables, ils accueillent gentiment ma fatigue. Les lumières s'éteignent doucement tandis que sur la scène, les musiciens font avec leurs instruments des gros cafouillis qui ressemblent à du jazz, puis tout s'immobilise et devient silence quand la cheffe tend devant eux deux poings fermés. Alors, légèrement, ils s'ouvrent et d'eux s'étire une musique.

Frisson derrière les oreilles. C'est fluide et onduleux. Très doux mais porté par une pulsation, celle d'un océan lourd. Comment dire ça ? Il y a toute cette force qui me traverse comme un grand courant d'air. Comment dire ça ? Il y a des flûtes qui maintenant volettent au-dessus des vagues. Et des violons virgulant dans l'espace et qui tissent une brise qui claque sur la joue. Comment ça peut exister ? Tout ce monde de pulsations dégringole en moi. Et c'est ma peau, ma sale peau blanche et jaune qui se hérisse, qui devient une feuille de soie au-dessus de la forêt d'archets. Plus de carcasse lourde ni de hanche de traviole : je suis un chiffon soyeux, un foulard fou, un pan d'étoffe comme on en voit sur le corps translucide des danseuses, avec lequel le vent joue, avec lequel il se fait un visage. Marlee évaporée. Tourneboulée, enflée, démultipliée. Cette musique, c'est la respiration du monde. Et je suis dans cette respiration, dans la respiration du Beethoven qui devait avoir des poumons gigantesques.

Quand les lumières se sont rallumées, je frissonnais : c'était un frisson divin. Mes ailes de chauve-souris dégoulinaient sur mes joues. Et Anna m'a regardée, les yeux pétant de surprise.

Je suis restée longtemps en lévitation après le concert. Pourquoi cette musique, cette musique-là, énorme et céleste, m'avait désignée, moi, adolescente arrogante, brute, ignare ? Je n'avais évidemment aucune réponse. Je me souviens de mon réveil, le lendemain, de cette sensation d'être toute neuve. Fini les yeux pochés et le teint de cendre : l'Adagio de Beethoven était le plus puissant des cosmétiques !

J'ai ouvert les volets. La campagne était reposée. Tout était à sa place. Le soleil jetait plus loin, sur la forêt, des taches brunes et or.

Je suis descendue dans la cuisine où j'ai retrouvé devant un bol de café la figure désorganisée de ma mère. Un autre bol, vide, frangé de mousse pas nette, lui faisait face. C'était dimanche et Jérôme avait passé la nuit. Il était en train de fumer devant la maison.

— Alors, c'était bien, hier soir, ma chérie ? m'a-t-elle demandé.

De son côté elle avait passé sa soirée dans un restaurant de bidoche à chanter avec Jérôme *Désenchantée* et *Pourvu qu'elles soient douces*. Tous les deux se produisaient dans des restaurants de zones commerciales, le samedi soir, ils se faisaient appeler le « Cœurduo ».

Je ne sais plus ce que j'ai répondu. Des bouts mous de mots. Certaines choses sont trop précieuses pour être dispersées au-dessus d'un bol de café. Je lui ai juste demandé si elle connaissait Beethoven et, tout comme Anna, elle s'est mise à fredonner des « la… la… » pathétiques, dans un sourire qui l'était tout autant.

— Et qui t'a ramenée ?

— C'est Ivan, le grand frère d'Anna. Il jouait dans l'orchestre.

Conduisant une vieille Twingo, beaucoup plus bavard et léger depuis qu'il avait rangé son hautbois, il m'avait questionnée. « Qu'est-ce que tu en as pensé ? » « Énorme ! » Prenant immédiatement conscience du caractère tractopelle de mon jugement, j'ai aussitôt nuancé, tamisé, dentelé et, d'une voix soignée – la mienne, déjà à cette époque, était rauque, pas élégante pour deux sous -, j'ai évoqué la tension si sensible entre la tendresse et la puissance. Cette musique, c'était un ressac lent qui couvre une pulsation puissante et désespérée. Beethoven, lorsqu'il avait composé ça, il devait être sacrément au bout du rouleau ! Pourtant, toujours il laisse passer une lumière à travers cette noirceur océane. Et je m'arrête là, heureuse de ma glose. Ivan serre le frein à main devant la maison puis se tourne vers moi : « C'est vraiment magnifique, ce que tu dis ! ». Sur la banquette arrière, Anna se rapproche et passe ses bras sur mes épaules. Ainsi, tous les trois, sous le plafonnier de la Twingo, on a longtemps lévité comme des moines chauves et souriants.

— Salut, Marlee !

Frottements las des pantoufles caca sur le lino, veste de costume grise, tee-shirt indistinct tout enveloppé d'effluves de clope bronchique, est arrivé Jérôme. J'ai croqué trois biscottes et me suis désintégrée aussitôt.

Il a fallu que je revienne au collège, ensuite. Gros splash dans la bouse du réel. Je crois que j'aurais pu longtemps rester dans cette posture, moi, seule face au monde, avec la musique de Beethoven dans la caboche.

Je me suis tenue à carreau à mon retour. Pour faire plaisir à Delphine que je sentais au bord de la pulvérisation. Elle se plaignait de l'argent qui manquait. Elle me disait : « Travaille à l'école, Marlee ! T'es une fille intelligente, plus intelligente que moi ! » Je ne sais pas d'où elle tenait cette certitude. C'est vrai que je comprenais bien, enfin quand ce que l'on me donnait m'intéressait. Allez, fais ta bonne élève, raide sur ta chaise, levant le doigt quand il le faut pour faire avancer les cours. Allez, fais la bonne copine, soigne le relationnel, travaille la popularité – une « compétence » essentielle au collège.

Mais sitôt seule, le soir sous ma couette qui sentait l'humidité de l'automne, je pleurais. Comme ça, pour rien. Je ne trouvais pas de cause à mon chagrin. J'en cherchais une, une objective. Je pensais à mon père, mais c'était un souvenir si lointain, des bras qui soulevaient le bout de viande rose que j'étais, et de la fumée de sa Marlboro qui me piquait les yeux.

Un matin, devant la grille, Anna m'a donné une enveloppe :

— Tiens, ce sont deux invitations pour la *Neuvième*. Elles viennent d'Ivan... Je crois que tu lui as beaucoup plu.

Un clin d'œil bizarrement lourdingue a accompagné sa supposition.

En cours de SVT, j'ai ouvert l'enveloppe. Avec les deux places, il y avait un mot d'une écriture fine : « Pour Marlee, celle qui a compris profondément la *Neuvième*. Ivan »

Voilà ce que m'ont dit après ma mère et Anna.

Au milieu du concert, je me serais cassé la figure de mon siège, le nez sanguinolent sur la moquette. Agitation autour de ma carcasse toute tremblotante. Un pompier de service se précipite, on fait allumer la salle, les notes de la Symphonie se dispersent comme des pointillés orphelins.

On me place sur le dos, on m'observe, une auréole humide et tiède se répand sur ma robe, on n'ose me toucher, on vérifie que je respire, je ne suis pas morte, et c'est déjà une bonne chose.

Vers vingt-deux heures, un petit commando de secours entre dans la salle qu'on a fait évacuer. On soulève ma paupière gauche ; salut ! Plaquette froide du stéthoscope qui s'immisce sous mon bustier orange – si c'est un type qui a fait ça, il a sans doute dû en profiter, enfin si le type était jeune et qu'il manquait de professionnalisme. On me coince sur un doigt une pince à linge qui indique le taux d'oxygénation dans le sang (je tiens cette précision d'Anna, qui veut faire médecine). Mon cas suscite un peu d'inquiétude. On craint un truc cérébral. De la bave a fleuri sur mes lèvres. Des boudins gonflables enserrent mon corps, puis forment un brancard.

Ma mère, à côté, tabassée par la catastrophe, décline mon casier : Marlee Creutzer, née le 16 décembre 2010. Pas d'antécédents neurologiques ou cardiaques connus. Juste une opération de la hanche à l'âge de douze ans. Est-ce que ça peut expliquer ce qui arrive ? Les pompiers restent prudents. Direction les urgences. C'est dans l'ambulance que je renais. Au-dessus de moi, un visage de profil, jeune, masqué, avec des cheveux très courts, m'accueille, mais sans me voir. C'est là que je me rends compte que je me suis pissé dessus, mais je suis trop groggy pour en avoir honte. L'infirmier discutait avec ceux qui se trouvent à l'avant. Je crois qu'ils parlaient de musique. Et je me suis rendormie.

DEUXIÈME MOUVEMENT

Le jour de ma sortie de l'hôpital, le docteur Vieil, qui s'était occupé de moi, un neurologue d'une soixantaine d'années, chauve, aux yeux plissés de gentillesse, m'a expliqué d'une voix huileuse que pendant le concert, mon cerveau avait reçu une sorte de décharge électrique qui m'avait plongée dans le coma.

Je me souviens de mon réveil dans la chambre de l'hôpital, de l'immense douceur du visage taché de roux de l'infirmière penchée au-dessus de moi et des multiples douleurs à la tête. Je me souviens aussi de cette chemise de nuit courte, presque transparente, qui m'habillait à peine et du malaise éprouvé à me retrouver quasi nue dans un lieu que je ne connaissais pas. En face de mon lit, sur le dossier d'un fauteuil en skaï, étaient pliés comme ça, exposés à la vue de tous, mon bustier orange et mon soutien-gorge noir. Ma robe ne s'y trouvait plus. On m'avait déshabillée à mon insu. Peut-être avait-on profité de mon corps sans défense ? Peut-être m'avait-on fait absorber cette poudre utilisée dans certaines soirées qui permettent de violer tranquillement les filles ? Je me souviens de ma terreur. Ma mère a vite été là pour me rassurer, heureuse de me voir les yeux ouverts, consciente, sans que sa joie parvienne à chasser toute l'inquiétude de son visage. Mais c'était quoi, ce coma ?

— Pour le moment, Marlee, on suppose qu'il s'agit d'une crise d'épilepsie. Ou d'une sorte de crise d'épilepsie qu'on appelle psychogène. On hésite encore. Je sais toutefois par votre mère que vous avez un oncle, du côté de votre père, qui est également épileptique.

Ah bon ? Kylian Creutzer, l'oncle des fêtes familiales, celui qui tenait plusieurs agences immobilières, qui disait tout le temps que la France foutait le camp, que les Français étaient des fainéants, qu'il y avait trop de gens qui se la coulaient douce, qui pensait qu'il ne fallait compter que sur soi-même pour s'en sortir dans la vie, l'oncle des dindes de Noël, au double menton violacé, qui refaisait le monde à sa sauce, une bonne sauce qui piquait, qui fouettait les paresseux, les faiblards, les assistés, les artistes, et qui ne pouvait s'empêcher de poser de petites questions vachardes à ma mère, la veuve de son frère, celle qui poussait les chansonnettes de la Mylène dans des Campaniles d'autoroute, était sujet aussi à des comas ?

Voilà déjà quelque chose qui ne collait plus trop et qui me flanquait la trouille : allais-je atteindre son niveau de débilité ?

— Et... je vais avoir des séquelles ?

Le neurologue s'est approché et m'a poliment demandé s'il pouvait s'asseoir sur le rebord du lit. Une telle prévenance était touchante.

— On a d'abord craint un accident vasculaire cérébral. Mais le scanner est rassurant : aucune lésion n'a été relevée. Enfin...

Il s'est tu, a frotté l'une contre l'autre ses mains circonspectes. Il m'a dévisagée un moment, ses yeux se sont alors ouverts comme deux énormes phares à iode. J'ai eu peur.

— J'ai rarement vu ça... Votre cerveau n'a pas connu de lésion, non, il a été comme augmenté ! Regardez !

Il a tiré d'une grande enveloppe kraft différentes radios de mon organe. Plusieurs zones de ses deux hémisphères étaient marquées d'étincelles qu'on avait rajoutées. Il m'en a montré une à l'avant du cerveau gauche.

— Là, par exemple, vous avez l'aire de Broca. Cette zone sert à la production du langage. Eh bien, on a observé une subite augmentation de cette aire... Vous connaissez l'allemand ?

J'ai hésité avant de répondre. J'ai craint une question piège mais, assis sur le lit, le médecin n'avait vraiment pas l'air d'un sadique.

— Non... Je fais espagnol en LV2, et je ne suis pas très bonne...

Un petit sourire a fusé à travers ses lèvres maigres. Il a tiré de la poche de sa blouse blanche un smartphone qu'il a rapproché de mon oreille. Une voix en est sortie qui m'était à la fois familière et désagréable. C'était moi ; c'était quelqu'un d'autre. Comme si on parlait à ma place. Qu'on chantait plutôt. Car c'était un chant murmuré, quelque chose de rythmé, de simple, de répétitif qui ressemblait aux comptines que ma mère passait aux enfants au moment de la sieste.

— C'est Louisa, l'infirmière, qui m'a signalé que vous chantiez ça pendant votre coma. Comme j'ai fait un peu d'allemand, j'ai pu noter rapidement quelques mots que je comprenais.

Il a sorti de la même poche une petite feuille tirée d'un bloc-notes publicitaire sur laquelle étaient fixés par une écriture en bâton des mots incompréhensibles :

FREUDE - GÖTTERFUNKEN - ELYSIUM - ... WIR – BETRETEN...

— Mon allemand est lointain. J'ai fait une petite recherche et si je ne me suis pas trompé dans la transcription de ce vous disiez, voilà ce que ça donne à peu près : « Joie », « Étincelle », « Elysée », « Nous entrons »... Ça vous dit quelque chose ?

Autant dire que ça ne collait plus du tout. Et je n'étais pas au bout de mes surprises.

— Marlee, nous allons faire une toute petite expérience : vous allez dire le premier mot de cette liste.

— Mais je ne vais pas savoir.

— Laissez-vous faire… Laissez agir votre aire de Broca !

Je regarde le mot. Aussitôt, ma mâchoire, ma langue, mon souffle s'accordent, puis le projettent. Ce mot alors, tout étrange, se suspend devant moi, souple comme un beau nuage épais et robuste. Je recommence, deux nuages. Je suis sidérée.

— Mais il vient d'où, ce mot ? ai-je fini par demander au médecin qui entre-temps s'est levé.

Il a regardé mon sac de sport bouclé que ma mère avait apporté la veille pour la sortie.

— Je ne sais pas, et c'est ça qui est merveilleux. Vous savez parler allemand, même le chanter, sans l'avoir appris.

Il a marqué une pause et m'a regardée d'un air un peu perdu.

— Je me suis permis de communiquer votre dossier à une amie psychologue, Caroline Unger, quelqu'un de confiance, une mélomane de surcroît, qui pourra probablement vous aider. C'est un traitement de suite. Il n'en coûtera rien à votre mère… Vous souvenez-vous de l'œuvre qu'a jouée l'orchestre ce soir-là ?

— Oui !

Enfin quelque chose de clair apparaissait dans ma tête.

— C'était une Symphonie de Beethoven ! La *Neuvième* !

Des vaguelettes étonnées ont parcouru le crâne du neurologue.

— La *Neuvième*, non. Vous vous trompez… C'était la *Huitième*. Sa dernière symphonie. Une œuvre guillerette, pas ma préférée. Je préfère les quatuors de la fin… Bon courage, Marlee.

Fin comme un stylet, le doigt d'Ivan a pointé là où ça faisait mal.

— Marlee, tu vois, sur le programme du concert, il est bien écrit la *Huitième* de Beethoven, non la *Neuvième*. C'est la *Huitième* que tu as entendue ce soir-là, ainsi que le jour des Portes ouvertes. Je te le répète, cette *Neuvième* n'existe pas, elle n'a jamais existé ! Beethoven aurait sans doute aimé composer une *Neuvième* symphonie, mais il a manqué de temps ou d'envie. Enfin, je n'en sais rien. Anna, passe-lui le bouquin.

Elle a sorti de son sac un petit livre, *Beethoven, la force de l'héroïsme*. La couverture montrait un portrait du compositeur. C'était la première fois que j'en voyais un. Il avait une grosse tête, des cheveux gris en broussailles énervées, le regard fixe, intense, sous des sourcils touffus, et des lèvres tendues. C'était une grosse tête émergeant d'un col de chemise blanche ceint d'un foulard rouge. Un peignoir sombre enveloppait son buste. On ne voyait que sa tête énorme à côté de ses mains rabougries : l'une tenait une plume, l'autre une partition qui portait comme titre… *Missa solemnis*. Beethoven, là-dessus, c'était un gnome prognathe et tourmenté. On ne devrait pas se laisser peindre comme ça, c'est une garantie de rigolade pour l'éternité.

— Je te le prête, Marlee. Ça raconte la vie de Beethoven. C'est intéressant et tu verras qu'Ivan a raison.

— D'ailleurs, a ajouté Ivan en prenant le livre et en me mettant sous le nez la liste des œuvres, regarde, ta « *Neuvième* » n'y figure pas.

Je n'ai rien regardé. Tous les deux se tenaient devant moi. La cafeteria du Conservatoire n'allait pas tarder à fermer. C'était Ivan qui avait eu l'idée de ce rendez-vous pour « exorciser » mon traumatisme. Dehors, c'était la nuit épaisse de décembre que trouaient les guirlandes tristes de Noël. J'ai feuilleté le livre, dit que je le lirais attentivement, puis j'ai fini par admettre que je devais me tromper. Que je n'y connaissais rien à la musique classique. En fait, j'ai arrêté d'insister car j'ai bien vu que ma détermination les inquiétait franchement. Je voyais dans l'apitoiement de leurs regards la folle que je commençais sans doute à devenir. Nous nous sommes levés. Devant le Conservatoire, Anna m'a serrée dans ses bras.

— Je suis désolée, Marlee.

— Désolée de quoi ?

— Eh bien, pour ce que tu penses et qui n'est pas vrai.

— T'inquiète, je vais bien.

Elle m'a serrée encore en disant qu'elle était heureuse de me voir si « en forme ». Devant moi, Ivan me scrutait comme une bête curieuse à travers les ronds impeccables de sa vapoteuse.

Je ne sais si j'étais « en forme ». Je devrais dire que depuis la sortie de l'hôpital, je tenais une « autre » forme.

D'abord, je me sentais plus légère. Mon buste s'était redressé, ma hanche me faisait moins mal : je pouvais marcher longtemps sans éprouver la moindre gêne.

Au collège ensuite, j'étonnais mes profs par la hausse subite de mes résultats et mon attitude beaucoup plus tranquille. Je comprenais tout plus vite, les maths m'amusaient, mon cerveau voltigeait : mon petit coma lui avait fait gagner pas mal de mégaoctets, le neurologue avait donc raison.

Ces changements ravissaient Delphine, qui me voyait déjà accomplir de longues études dans une grande ville. Ce qui lui faisait plaisir aussi, c'était mon humeur, beaucoup plus enjouée, gaie. Il y avait en moi comme un immense gargouillis qui me transformait doucement. Subsistait mon goût pour la moquerie, mais quand une vanne sortait, elle perdait aussitôt son acidité agressive. Elle s'accompagnait désormais souvent d'un léger chantonnement.

En janvier, j'ai commencé mes séances chez la psychologue.

Caroline Unger aurait pu être une comtesse à la cour de Louis XIV. Elle avait un long visage fin, osseux, dont les arêtes étaient adoucies par de la poudre blanche. Ses cheveux gris argent étaient tirés en arrière et tenus par un catogan bordeaux. Elle portait souvent des chemisiers blancs à jabot ; de fines lunettes rondes en écaille chevauchaient les ailes délicates de son nez et ses pieds étaient chaussés de ballerines brillantes. Elle venait d'entrer dans la cinquantaine. Deux gros fauteuils en cuir épais accueillaient nos fessiers pour nos discutes, qui se passaient dans le salon de son appartement de centre-ville. Les murs étaient couverts d'étagères qui abritaient des tas de livres de toutes les couleurs, de toutes les formes ainsi que des objets bizarres, statues aux yeux exorbités, colliers de pierres énormes, souvenirs de voyages – pyramides en plastique, chalet suisse à thermomètre, Colisée romain porte-bougeoir, Statue de la Liberté lampe de poche – son « musée personnel des horreurs du monde », expliquait-elle au milieu de micro-rires déraillés.

Avant la discute, elle remplissait deux mazagrans d'un thé à la mandarine.

— Alors, Marlee ?

Et je commençais. Qu'est-ce qui se passait en moi ? Je parlais de mes gargouillis, de mes chamboulements. Je disais maintenant que mes émotions avaient trouvé des fringues à leur mesure et que ces fringues, c'était de la musique.

— Essayez de définir cette musique, Marlee.

En réalité, ce n'était pas qu'une musique, mais plusieurs qui s'accordaient à mes humeurs.

— Andante ? Allegro ? Maestoso ! Vous connaissez l'italien ? Ces mots, et bien d'autres, définissent des intensités, des émotions. On les trouve sur les partitions et ils servent à guider les musiciens dans leur interprétation.

Il y avait là un début d'éclaircissement. Ma vie intérieure reposait maintenant sur une partition. Je méditais là-dessus jusqu'à ce que me revienne à l'esprit le mot « adagio ».

— Adagio, c'est quoi ? lui ai-je demandé une autre fois.

— « Lent ». Un mouvement adagio est lent, mélancolique. C'est celui de l'épanchement, de la rêverie. Ça forme, dans la plupart des symphonies, le deuxième mouvement.

Comment lui expliquer ce bel Adagio de ma grande Symphonie imaginaire que je sentais en moi ?

Je lui racontais les vagues qui montaient, le souffle qui les accompagnait... Caroline m'écoutait en sirotant sa mandarine, plein de petits sourires autour de ses yeux surlignés de noir.

— Je suis en train de délirer, là ? Parce que le truc si beau que j'ai dans la tête, je ne pourrai jamais vous le faire partager. Parce que je suis tout simplement dingue.

Même s'il n'y avait rien de catastrophique dans ma phrase (ce n'était qu'un constat tranquille), Caroline s'est indignée. Du rouge a chassé sa blancheur aristocratique.

— Non, ne dites pas ça ! La folie, en tant que telle, n'existe pas ! C'est une invention de la norme sociale qui a décidé par peur d'être déstabilisée de montrer du doigt ce qui lui semblait anormal. La société désigne le fou puis l'exclut en l'enfermant pour se protéger elle-même !

Cette protestation, convaincante, ne résolvait pas mon problème.

Je lui ai dit alors, toujours aussi calmement :

— OK, j'ai compris… Seulement, j'ai cette chose en moi qui gonfle. Qui gonfle en moi comme un alien qui parle allemand, que j'aimerais bien faire sortir.

Une giclée d'huile sucrée quand on mordait la chair moelleuse d'un churro, des confettis dans l'air qui devenaient des pellicules d'arc-en-ciel quand ils se posaient sur les têtes, et sur des chars, des géants à faces difformes, bariolées, parfois flippantes et des reines, des dauphines, toutes en froufrous, écharpes tricolores, couronnes, filles féeriques des quartiers qui saluaient la foule et faisaient la fierté de leurs familles : c'était le carnaval, on faisait encore le carnaval dans les petites villes de province quand j'étais adolescente.

Je me sentais bien dans cette foule. Libérée de mes ricaneries que m'inspiraient autrefois ces moments de fêtes populaires. La moquerie érige une sorte de vitre entre soi et le monde. Celui qui ironise surplombe mais ne profite de rien.

Sous les fanfares, je marchais avec Anna et d'autres filles de ma classe. On discutait garçons, fringues, profs ; on futilisait et on était bien.

Arrivée sur la grand-place de l'Horloge qui affichait presque quinze heures, j'ai dit à mes copines que je devais les quitter car j'avais un rendez-vous chez un médecin. Même en confiance, je ne serais pas allée jusqu'à révéler qu'il s'agissait de ma psy, que je découvre dans l'entrebâillement de sa porte mais que je ne reconnais pas. La comtesse pimpante n'est plus ; son visage est une défaite, ses cheveux gris s'éparpillent comme une pluie triste sur un vieux tee-shirt noir, un jean effrangé laisse voir ses pieds nus aux ongles marron. J'ai un geste de recul.

— Bonjour, Marlee, entrez…

J'hésite. Sa voix est si brumeuse ! Un sourire me fait tout de même entrer. Je la suis dans le couloir qui mène au salon. Nous restons face à face. Un autre sourire, un de ceux qui sont proches des larmes, traverse ses lèvres pâles.

— Je m'excuse pour ma tenue… Je viens de me lever… Mon père a été hospitalisé d'urgence, ce matin, à quatre heures. Il a eu une attaque cardiaque. Son état est stationnaire. Il est veuf, il n'a que moi.

Des fenêtres du salon monte la joie du carnaval. D'un seul coup, elle me paraît insupportable.

— Caroline, je vais vous laisser. On peut reporter la séance.

Attristée, elle se ravise aussitôt.

— Vous avez raison, Marlee, on ne va pas faire une vraie séance. Mais restez quelques minutes. Asseyez-vous. Je suis contente de vous voir. Je vais préparer un peu de thé. Nous ferons une vraie séance la semaine prochaine, vous voulez bien ?

Elle part dans la cuisine.

Je reste avec mon embarras car, vu sa tristesse, je n'ai vraiment pas envie d'en rajouter une louche avec mes trucs tourmentés de l'intérieur. Et je ne suis pas la mieux placée pour parler d'un père malade du cœur. Elle revient avec un plateau qu'elle dépose sur la table basse placée entre les deux fauteuils en cuir. Elle a eu le temps de se chausser d'une paire de ballerines d'un bleu plexiglas et d'attacher ses cheveux.

— Installez-vous, Marlee, et servez-vous.

Sur le plateau, avec la théière et les mazagrans habituels, il y a des tranches de pain d'épice. J'en prends une, miel et orange dans ma bouche. J'aime.

— C'est excellent, pas vrai ? Ce pain d'épice vient d'un producteur local.

Quand on n'est pas bien, c'est important de pouvoir dire des banalités, même sur un pain d'épice. Ça maintient un lien minimal avec le monde, sinon c'est l'effondrement total.

— Alors, cette musique dans votre tête ? Ce n'est pas celle de la fanfare, je suppose.

La psy semble reprendre un peu le dessus ; quelques miettes brunes s'attardent sur ses lèvres fines.

— Non. Même s'il y en a une qui est encore plus entraînante. C'est un chant avec un chœur. C'est ce que je chantais pendant mon coma. C'est un chant avec des mots allemands alors que je ne connais rien à cette langue. Je ne suis pas assez bonne à l'école pour cette langue. Tout ce que je sais, c'est que ce chant parle de joie. C'est le docteur Vieil qui me l'a dit à l'hôpital.

Caroline lève sur moi des yeux qui s'éclairent très joliment.

— Si nous faisions une petite expérience. Relâchez-vous et essayez simplement de le fredonner, ce chant. Vous pourriez ?

Avant même que je décide quoi que ce soit, la mélodie écarte aussitôt mes lèvres et entraîne dans son sillage les mots étranges : *Freude, schöner Götterfunken, Tochter aus Elysium, Wir betreten feuertrunken, Himmlische, dein Heiligtum !...*

Plus je chante, plus monte en moi une force qui me fait quitter le fauteuil. Je me rapproche de Caroline, qui, les yeux fermés, ne bouge plus. Mon chant coule de moi et la couvre en entier. Toujours poussée, je me rapproche encore d'elle jusqu'à ce qu'elle finisse par enlacer doucement mon bassin et poser son oreille contre mon ventre comme s'il était une enceinte. C'est étrange, c'est troublant. Mais ce chant, le partager, m'allège. Puis, petit à petit, je reprends possession de moi, le chant se tait, ce qui nous sépare aussitôt.

Caroline se redresse brusquement, recule de quelques pas, me contemple : me voilà déesse. Elle dit : « c'est extraordinaire ! » Gênée à l'extrême, je m'excuse et quitte précipitamment l'appartement pour rejoindre à l'extérieur le bazar des cotillons.

Cette expérience a précédé de quelques jours une autre, plus étrange encore.

C'était au début du mois du mars, un dimanche matin. J'étais dans ma chambre, qui se trouvait à l'étage. Depuis deux jours il pleuvait sans arrêt, il ne s'arrêterait jamais de pleuvoir, le monde était une éponge triste. Humidité de l'univers. J'étais mal, ballonnée, chargée comme après une nuit de réveillon. Vers dix heures trente, j'ai décidé de bouger. La larve s'est extirpée du cocon de sa couette et s'est tortillée de douleur. C'était dans le bas du ventre que ça bardait ; ce n'étaient pas mes règles, je les avais eues la semaine d'avant. Recroquevillée, j'ai attendu une accalmie ; mes pieds bleuissaient sur le lino froid. Après quelques instants, j'ai pu enfin me mettre debout et enfiler un vieux pull gris sur ma chemise de nuit.

Je suis descendue et dans la cuisine, j'ai trouvé la face ahurie de Jérôme. À côté, dans le salon, ma mère enquiquinait un peu de poussière.

— Salut, Jérôme.

Alors que je voulais assurer un minimum de sociabilité, il ne m'a pas répondu. En fait, de ses oreilles partaient deux fils blancs reliés à un smartphone. Injection d'un bourdonnement rythmé qui le faisait dodeliner de la tête et imprimait à ses savates caca une pulsation frénétique.

— Salut, Jérôme !

Il a arraché tout de suite les deux oreillettes en s'excusant. Jérôme s'excusait toujours beaucoup avec moi. Je crois que je l'impressionnais avec mes moqueries de gamine arrogante. Et qui sait si cette arrogance n'a pas contribué en partie à ce qu'il quitte ma mère quelques années après.

Jérôme a pris de mes nouvelles, m'a dit qu'ils avaient fait la veille un beau concert ; un spécial Mylène Farmer, que ma mère avait super bien chanté, qu'elle avait emporté son public avec *Libertine* puis, comme gêné, il s'est subitement levé, a regardé par la fenêtre toute la dégringolade de la pluie et lancé une réflexion planétairement inutile sur la fin de l'hiver et le printemps qui n'arrive pas. C'est sans doute mon silence, qu'il a dû prendre pour de l'hostilité alors qu'en réalité, pas vraiment - toujours respecter les phrases qui affichent leur inutilité apparente -, qui lui a fait quitter la cuisine.

Il a laissé sur la table, à côté d'un sachet éventré de biscottes, le smartphone et le casque. J'ai alors repensé à ce moment si étrange chez Caroline Unger. Depuis le coma, je découvrais des logiques extravagantes.

Je retire doucement la prise du smartphone et cale les écouteurs dans mes oreilles. Je sais que j'ai l'air d'une idiote, mais une curiosité m'agite. La prise oscille quelques instants dans le vide avant de se poser sur le dos de ma main. Dans les oreilles, des coups subis, des éclats harmonieux de tonnerre mais brouillés, lointains, très lointains. Je reprends la prise et comme je le fais avec l'antenne de la vieille radio de la salle de bain, je lui cherche une meilleure position pour qu'elle capte mieux cette rumeur. Ce qui s'avère complètement idiot puisque cela vient de moi. Quel endroit choisir pour me mettre le plus en lien avec moi-même ? Je ne cherche pas longtemps. Je coince la prise entre mes lèvres. Une puissance éclate dans mes oreilles.

C'est important d'apporter des éléments extérieurs quand on raconte une histoire. Ça la leste. Surtout que celle-ci, eh bien, il faut l'avaler.

Je donne ce mail que Caroline vient de me transmettre, qui remonte à l'époque des faits.

À julienvieil@hop-averroes.fr
CC
Objet Marlee Creutzer

📎Fantaisie pour piano, chœur et orchestre – Beethoven

11 mars 202…

Bonsoir Julien,

Quand vous m'aviez proposé, il y a presque trois mois, de m'occuper de Marlee Creutzer, vous aviez reconnu que ce « cas » mettait en échec le neurologue que vous êtes.

Je partage désormais avec vous ce sentiment d'échec.

Dans ma pratique de psychologue, je suis très souvent confrontée à des pathologies déroutantes. Mes connaissances, mon expérience clinique me permettent cependant, avec plus ou moins de succès, de les circonscrire pour essayer de les traiter ou au moins d'en réduire les symptômes les plus handicapants.

Avec Marlee Creutzer, c'est autre chose. Elle souffre sans aucun doute d'une pathologie, mais il y a plus : il y a en elle un mystère autrement plus puissant et profond. Ce mystère, je le dis presque en tremblant, est un « esprit » qui l'habite. Je sais le risque professionnel que je cours en vous dévoilant cela. Nous, rationalistes, nous n'avons pas le droit de nous laisser aller à quelque flottement disons « spirituel ». Je sais pouvoir compter sur nos années de complicité professionnelle pour garder ce secret.

Début janvier, j'ai donc accueilli pour la première fois Marlee dans le cabinet.

Pour cette première séance, elle était accompagnée de sa mère. Delphine Creutzer, 46 ans, veuve, assistante maternelle, est une femme simple, qui me paraît fragile. Très vite, cette séance, qui pose les cadres du travail analytique, a révélé des tensions relationnelles entre la mère et la fille. Comme c'est souvent le cas, le parent encore jeune et veuf porte une culpabilité, celle de celui qui reste alors que l'autre est parti, ce qui fragilise sa position d'autorité vis-à-vis de l'enfant. Ainsi, Marlee n'a pu contenir des ricanements et afficher des moues méprisantes chaque fois que sa mère prenait la parole. Rien de plus prévisible qu'une telle attitude. Réflexe archaïque de l'ado qui énerve tant les adultes !

Dès la deuxième séance, j'ai pu davantage affiner ma connaissance.

Seule, Marlee s'est montrée vive, sensible, intelligente, drôle, inventive, soucieuse de son expression. Elle aime les mots, joue avec, et il sort d'elle, parfois, des sentences morales étonnantes.

Je l'ai interrogée sur ses craintes, ses angoisses. Comme tant d'adolescents qui passent dans mon cabinet, elle est travaillée par l'idée de l'effondrement, de la fin des temps. Je suis toujours étonnée, au passage, par notre société qui n'engendre plus une jeunesse idéaliste, révolutionnaire, mais craintive, obsédée par la catastrophe !

Le point qui nous intéresse tous les deux est cette Symphonie « fantôme », censée être de Beethoven, qui la hante (ce que j'appelle « l'esprit »). S'il s'agit d'une construction névrotique, on ne peut être qu'impressionné par sa robustesse. Comment cette fille, qui n'a jamais appris l'allemand, qui n'a jamais reçu d'éducation musicale classique – sa mère chante bien dans des restaurants, le soir, mais de la variété -, peut-elle se mettre à articuler impeccablement de l'allemand et à le poser sur une mélodie ? Lors de notre dernière séance, se rendant compte que je n'allais pas bien, elle a voulu me faire entendre ce chant. Je me dois de vous préciser que je traverse actuellement une période très difficile, affectivement et familialement – je vis une séparation difficile avec mon ancien compagnon et mon père vient d'être victime d'un infarctus sévère. Elle s'est donc rapprochée de moi, puis a brusquement plaqué ma tête sur son ventre. J'ai d'abord eu peur, mais mon expérience de clinicienne m'a appris à ne jamais contrarier un élan délirant. Je me suis donc laissé faire. Vous me croirez ou pas, Julien, mais ce que j'ai entendu venant de ce ventre était tout simplement magnifique ! Plus tard, hantée par cet air, j'ai cherché dans l'œuvre de Beethoven un morceau qui ressemble à ce qui était « sorti » de ce ventre. Et j'ai fini par trouver ! En 1808, Beethoven a composé une pièce étrange intitulée *Fantaisie pour piano, chœur et orchestre*. Je vous l'ai mise en pièce jointe. Écoutez-la. La ressemblance est des plus troublantes.

Je ne sais qu'en penser. Peut-être ai-je été sujette à une hallucination sonore favorisée par mon désarroi actuel. C'est possible. Je me souviens aussi que mon directeur de thèse, le professeur Monas, une personnalité originale qui s'était intéressée au phénomène de possession dans les tribus aborigènes, prétendait que les esprits existaient, qu'ils étaient des étincelles de vie. Je comprends un peu mieux ce que cela signifie aujourd'hui alors qu'à l'époque, je prenais ces propos pour des divagations de vieux prof ! Serait-elle possédée ? Je n'en sais rien.

Quoi qu'il en soit, il y a de l'extraordinaire chez cette fille. Et cet extraordinaire peut lui faire courir de nombreux dangers. Il me paraît nécessaire de la suivre de près. Soit cet « esprit » est corrélé à un trauma enfoui, auquel cas il faudra envisager des soins psychothérapeutiques approfondis pour découvrir la nature de ce trauma, soit cet « esprit » est réel, auquel cas, eh bien, je n'en sais rien. En tout état de cause, j'exclus pour ma part l'hypothèse d'une simple crise d'épilepsie.

J'attends votre retour quant à la Fantaisie.
Bien à vous, Julien.
Caroline Unger.

Ainsi, j'étais devenue un lecteur MP3. Pourquoi pas ? Un lecteur qui ne contenait qu'une seule musique, une œuvre vaste comme le cosmos. Pourquoi l'avait-on déposée en moi, carcasse cabossée et inculte ? Pourquoi donc ? Que faire de ça, maintenant ? Une chose m'est apparue d'abord évidente : je devais garder ce truc secret. D'autres que moi, sans doute plus audacieux, auraient pu l'exploiter à leur profit. Se donner en spectacle. Moi, je ne me sentais pas les épaules pour me mettre au milieu d'une scène géante, me planter des prises jack dans la bouche, les narines, les oreilles ou les fesses et faire découvrir à des milliers de personnes la *Neuvième* Symphonie de Beethoven. Et ça aurait servi à quoi, une fois passés la curiosité, l'émerveillement ou la mauvaise rigolade ? Je serais devenue une bête de foire, une curiosité sur Internet, et rien d'autre.

La journée, je continuais ma vie. L'année scolaire s'avançait avec le printemps. Je m'efforçais d'être la plus normale possible. Cette volonté de dissimulation me poussait avec Caroline Unger à minimiser mon trouble. Alors qu'elle cherchait à en savoir davantage sur ma Symphonie qu'elle prenait très au sérieux – elle avait dégoté une autre œuvre de Beethoven avec un chœur qui lui ressemblait –, je lui assurais que je perdais peu à peu le souvenir de la musique, ce qui semblait l'embêter. Elle aurait sûrement eu envie de remettre sa tête sur mon ventre.

Quand j'étais seule, par contre, je passais beaucoup de temps à l'étudier, ma Symphonie. Mes petits concerts personnels avaient lieu le soir sur mon lit. Cela m'arrivait aussi les journées sans cours, quand le soleil donnait. Devant la maison, entre le mur de la cuisine et celui qui nous séparait de la route, j'installais le transat bleu que ma mère avait acheté lors d'un séjour à la mer. Je mettais un tee-shirt qui laissait à l'air le ventre puis, à partir de mai, mon deux-pièces rouge, des lunettes de soleil sur le nez, de la crème solaire sur les épaules, un smartphone sur les cuisses – étant entendu que cette mise en scène de la pétasse des parasols visait à n'éveiller aucun soupçon sur ce qui se passait réellement en moi.

La Symphonie comportait quatre pistes que je pouvais changer d'un clignement de paupières. La première, majestueuse et inquiétante ; la seconde, rapide comme un méchant vent d'hiver ; la troisième, l'Adagio, celui que j'avais entendu le jour des portes ouvertes au Conservatoire ; et la dernière, le final, le chant des cieux qui faisait éclater le soleil, vibrer les fils électriques, qui ravissait les rouges-gorges, qui se mêlait aux rires des enfants lorsqu'ils faisaient le tour de la maison et jouaient avec un tuyau d'arrosage. Il arrivait parfois que ma mère me surprenne en starlette de transat, une prise jack dans le goulot en train de faire de grands gestes lyriques. Imprudences du début, qui se sont ensuite raréfiées.

J'ai donc appris pendant les mois qui ont suivi à vivre avec. Je finissais mon année de troisième avec les félicitations du conseil de classe ; l'année suivante, j'irais dans le meilleur lycée de la ville. Je menais une vie sociale d'adolescente de mon âge, en prenant garde à ne pas commettre d'imprudences.

La fréquentation des garçons aurait pu être l'une de ces imprudences. Comment aurait réagi mon organisme beethovénien au moment d'un baiser, d'une caresse bien ajustée ?

Sans pour autant renoncer à l'amour, je me devais de trouver une stratégie pour rendre les deux choses compatibles. Compatibles, c'est-à-dire trouver le garçon qui puisse, par exemple, connaître quelque chose à la grande musique. Ivan s'imposait naturellement à mes yeux, mais je savais par Anna qu'il était avec une violoniste de l'orchestre. Je n'étais pas pressée. Cela attendrait.

Fin juin, j'ai décidé d'arrêter mes consultations chez Caroline. J'ai avancé l'argument économique pour justifier ma décision : j'avais épuisé le quota de séances remboursées et je ne voulais pas imposer à ma mère les cinquante euros de l'heure. J'ai surtout décidé que j'étais définitivement guérie. Des sourcils incrédules se sont recourbés sur le front neigeux de Caroline :

— Guérie ? Vraiment ? On ne guérit jamais ainsi, d'un claquement de volonté. Tu te rends bien compte que ta vie n'est plus la même ? Une pathologie, ça empêche de vivre, enfin, de vivre comme « avant », un « avant » qui n'existe plus. Nous nous reverrons, Marlee, j'en suis certaine.

Jamais je n'oublierai le léger sourire qui a conclu ces paroles si justes, mais à l'époque, j'étais trop naïve, trop têtue pour les comprendre.

C'était un samedi. Le premier samedi de juillet. Le premier samedi des grandes vacances, celles qui suspendent le temps, celles des grillons qui stridulent, des après-midi caniculaires, celles des larges soirées, des flammes de bougies qui ondulent, des ampoules colorées qui ricochent de branche en branche, celles des nuits claires, toutes fines, pleines d'étoiles et de moustiques, celles des baignades dans les rivières, des fêtes de villages, des parties de pétanque et des salades composées. Ce dernier détail n'en est pas un : je ne le mets pas là pour clore avec une pointe d'humour cette énumération pas très originale sur l'été. Ce dernier détail est énorme ! Sans lui, tout ce que je vais raconter maintenant n'aurait pas eu lieu.

— Marlee, tu veux bien aller chez Norman prendre un kilo de tomates ? J'en ai besoin pour la salade de ce soir.

Il est presque dix heures, j'émerge à peine. Ce soir, c'est le repas du village, place de l'église. Chacun doit apporter un plat. On aura sorti les tables de la salle polyvalente et dressé une petite estrade. Ma mère y met de l'importance car après le dîner, elle chantera avec Jérôme. Elle portera sa robe en cuir noir qui lui boudine les fesses et les seins. Portée par sa voix, elle fermera les yeux, remuera sensuellement ses bras flasques en chantant *Libertine* de Farmer, certains visages laisseront passer des rictus moqueurs. Mais je ne serai plus de ceux-là.

Quelques céréales au miel, un verre de jus d'orange, le vieux vélo de mon père que je sors du garage, ce vélo toujours équipé à l'arrière de son siège enfant, qui fut le mien il y a bien longtemps. Le soleil, déjà très chaud, pique mes épaules laissées nues par un débardeur gris. Les bretelles de mon sac à dos pourront me protéger d'éventuelles gifles brûlantes.

Il faut cinq kilomètres pour arriver à la ferme. Que de la pente. Je me colle le casque dans les oreilles, coince la jack dans la bouche et me cale sur l'Adagio, ce qui imprime à mon pédalage une élégance aérienne. Je me sens bien. Je file à travers des champs jaune citron. J'étends mes jambes, mes orteils rigolent dans mes fausses tongs brésiliennes. Le début des grandes vacances, c'est l'un des meilleurs moments de la vie.

Quand j'arrive à la ferme, trois personnes attendent devant la « boutique », un local aménagé dans une ancienne dépendance. Je gare mon vélo dans la cour, fourre les deux oreillettes dans la poche de mon short. Une grosse chaleur m'écrase aussitôt, amplifiée, démultipliée par la caillasse coupante du sol et les murs blancs de la ferme et de la dépendance.

Tout paraît très vide. Même Sam, le vieux berger allemand, ne m'a pas accueillie de sa truffe froide.

Je m'avance. Ça cogne sur mes cheveux. Je regrette d'avoir oublié mes lunettes de soleil et mon chapeau de paille.

Parmi les trois personnes qui attendent, je reconnais Lydie, ma maîtresse de CE2 lorsque j'habitais à la ville. Elle est à la retraite, maintenant. Elle a la peau très bronzée, très ridée. Elle a des cheveux courts, très courts, châtaigne. Elle est tout en nerfs, tout en muscles et débrouillardise. Elle fait partie de cette élite qui, par son énergie, ses anticipations permanentes, vous colle des complexes, puis vous épuise. Moi, je n'anticipe jamais rien et je trouve ça tellement plus reposant. Pourquoi toujours tabler sur l'avenir ? Laissons-le tranquille ! Occupons-nous du présent ! Il n'y a que lui qui soit réel. À l'école, Lydie était obsédée par le programme qu'il fallait terminer coûte que coûte. Et à la retraite, c'est sûrement pareil. Il y a des gens qui ont besoin de programmes pour se sentir vivre pleinement.

Lydie me reconnaît, me claque une bise nerveuse et me dit, un portable incrusté dans la main :

— Norman n'a pas ouvert et ce n'est pas normal. D'habitude, il est ponctuel. Il ouvre à dix heures précises !

— Il a sûrement eu un contretemps, ce n'est pas grave, tempère un cycliste casqué, essoufflé, un bidon à la main, tout en déséquilibre à cause de ses chaussures.

Il y a quelque chose d'oppressant dans cette cour. C'est la chaleur, mais aussi le silence. Les volets de la maison sont fermés. La troisième personne, une jeune maman qui tient sur son ventre, enveloppé dans une écharpe fine, un bébé somnolent rose-jambon, abandonne et remonte dans sa voiture.

— Ton année scolaire s'est bien passée, Marlee ? me demande Lydie pour tromper l'attente.

Je lui conte mes exploits, mes félicitations du conseil de classe. Elle me congratule sans parvenir à dissimuler, à travers ses petits yeux verts, une lueur d'incrédulité. À l'époque, je faisais partie de ces élèves qui grippaient la bonne marche du programme.

— Bon, je repasserai ce soir. Là, il fait vraiment trop chaud, se résigne le cycliste contrarié. Au revoir !

En claudiquant, il rejoint son engin de course qui étincelle sous le soleil.

C'est quand il se trouve dessus qu'il crie vers nous :

— Oh, venez voir !

Derrière la dépendance s'étend un champ nu bordé par une forêt. Au milieu, à l'arrêt, un tracteur. Adossée à son pneu arrière, une forme assise, tassée, les bras reposant sur les cuisses, livrée à la brutalité du soleil. On reconnaît assez vite Norman à sa salopette et à ses cheveux roux.

— Il a fait un malaise ! Allons voir ! s'alarme Lydie.

Considérant un instant ses chaussures, le cycliste hésite, puis finit par nous suivre.

Nous pénétrons sur le champ dont le sol est craquelé comme ma peau après un coup de soleil. Aussitôt, sous mes semelles monte une chaleur. Ce n'est pas un champ, c'est une fournaise.

— Norman ! Norman ! crie Lydie lorsque nous arrivons à sa hauteur.

Il lève sur nous un regard mouillé de détresse. Sa main fait un geste pour qu'on le laisse tranquille, ce qui arrête derrière nous le cycliste, dont la progression est celle d'un cormoran mazouté. Moi, je sue comme une pouliche, mes aisselles se répandent sur mon débardeur.

— Tirez-vous ! geint-il. Partez ! Il n'y a plus rien, plus rien, plus d'eau, plus de vie, plus rien. C'est le grand dérèglement ! C'est la fin du monde !

Bastonné par le soleil, le pauvre délire. Mais ce délire sonne étrangement juste dans ce champ lunaire, brûlant, sur lequel nous sommes les dernières traces de vie.

Lydie, que l'urgence ne tétanise jamais, contrairement à moi qui reste immobile et au cycliste qui rebrousse chemin, se penche vers lui.

— On va te ramener chez toi. Ne reste pas ici, sous cette chaleur. Juliette est là ?

Il nous regarde à nouveau toutes les deux, semble à peine nous reconnaître, son visage est griffé de traînées blanchâtres.

— Tirez-vous, implore-t-il encore. Tout brûle. Je n'ai plus rien…

J'avance un peu. La terre est une énorme lèvre gercée d'où s'échappent des ondulations flasques.

Tandis que Lydie retourne vers la ferme en tentant quelques numéros, je m'approche de Norman et lui souris. J'ai envie de faire quelque chose sous le soleil implacable. J'ai envie de repousser cette méchante obstination du ciel.

Les yeux du paysan me scrutent alors comme si j'étais une Martienne, une Martienne toute ruisselante. Et, sans que je demande quoi que ce soit, une rumeur sourde s'élève de toute l'humidité qui dégouline sur moi. Une rumeur gracieuse qui pénètre les nappes de chaleur, les assouplit, les allège. La tête du paysan cherche d'où cela peut provenir, il n'y a pas d'autoradio dans le tracteur... Puis il se fixe à nouveau sur moi alors qu'une première brise fraîche glisse sur nos deux visages. Il se relève, dans ses yeux se lisent de l'incompréhension, de l'effroi même.

— Qu'est-ce qui se passe ? murmure-t-il alors en me regardant. C'est quoi...

Sa phrase est prolongée par une main tremblante qui se rapproche de moi, hésite et finit par se poser sur mon épaule. À cet instant même éclate le chant qu'il se prend comme une décharge, aussitôt suivi d'une bourrasque énorme qui repousse la fournaise stérile. Des premières gouttes, celles du ciel maintenant qui a gardé sa devanture bleue, des gouttes fines, fraîches, qui semblent aussi de la musique, tachent la terre.

— Mais elle vient d'où, cette pluie ? hurle derrière nous Lydie, qui ressemble à une bogue avec ses cheveux dressés par les gouttes.

— C'est, c'est cette fille... dit Norman, qui me désigne d'un doigt perforateur. C'est qui, cette fille ?

— C'est Marlee, une de mes anciennes élèves...

— C'est elle qui a fait la pluie, avec sa musique qu'elle a en elle !

Je me retourne vers Lydie et lui envoie tout ce qu'il faut d'expressions étonnées, moue surdimensionnée, sourcils au garde-à-vous, pour détourner un possible soupçon. C'est qu'il est en train de se jouer un épisode qui pourrait me mettre vraiment dans la mouise : je transpire du Beethoven ! Heureusement que la pluie me mouille.

Après un examen rapide de ma personne, Lydie se rapproche de Norman, mais au moment où elle va lui prendre le bras, il dit, en me fixant :

— Pas elle ! Qu'elle me touche pas ! C'est une sorcière…

— Une sorcière, Marlee ? Ça, c'est vrai… acquiesce-t-elle en m'adressant un clin d'œil. Si tu savais ce qu'elle a pu me jouer comme vilains tours lorsque je l'avais en classe.

Bravo et merci, Lydie ! J'ai d'un seul coup envie de l'embrasser, mon instit'. Son bon sens m'a sauvée.

La fine pluie s'est arrêtée quand Lydie a fermé la portière arrière de son vieux SUV tchèque.

— Marlee, tu veux que je te ramène ? Mets ton vélo dans la voiture, je te dépose en passant. Je l'emmène à l'hôpital. Je crois qu'il délire. Il s'est pris une bonne insolation, le pauvre.

— Je crois que c'est pas une bonne idée. J'ai l'impression qu'il m'a dans le nez, argumenté-je, sourire complice.

Elle m'observe un instant, indécise.

— Ça a fait du bien, cette petite averse... C'est étrange, tout de même.

— C'est le climat qui se détraque.

Elle se rapproche de moi avec l'envie de m'embrasser. Je dissimule une crainte : quelle autre surprise peut me réserver mon corps musical ? Mais la bise piquante qu'elle me laisse sur la joue n'élève aucune fanfare.

Je monte sur mon vélo. Route en sens inverse. Il fait frais. La côte qui m'attend, je vais la gravir sans peine, malgré le poids mastodonte de ma bécane.

Les premières pédalées sèchent ma peau. Je prends conscience de ce qui m'habite. Ainsi, je peux agir sur le monde. Provoquer la pluie ! Oui, je ne suis plus la même : j'ai quelque chose en plus, une maladie, une puissance qu'il me sera de plus en plus difficile de dissimuler. J'appuie sur les pédales, je vole au-dessus de la côte lorsqu'à son sommet, je le vois.

Il m'attendait, là, au sommet de la côte.

TROISIÈME MOUVEMENT

C'était un bon endroit pour une rencontre. Il marchait de long en large sur la route. Il me voit sur le vélo, il me fait signe de m'arrêter. Je mets une tong à terre. Un type perdu, sans doute. Il cherche son chemin. Mais son chapeau à claque, sa redingote épaisse, le cornet en cuivre qui pend à son cou, ses mocassins à boucles me portent vers d'autres suppositions plus extravagantes : un fou échappé de son asile ? un Monsieur Loyal de cirque ? un magicien venu d'une autre galaxie ? un fêtard de bal costumé ? Quoi qu'il en soit, le type, malgré sa petite taille, impressionne. Il a le visage rouge, grêlé, furieux. Et ce qui finit de me tournebouler, ce sont ses premières paroles :

— MARLEE KREUTZER ! QU'AS-TU FAIT ?

Si je choisis les majuscules pour rapporter ses paroles, c'est que l'individu gronde dans un drôle d'accent que je ne reconnais pas tout de suite. Ce que j'ai fait ? Ce que j'ai fait ? Qui est cet énergumène ? Une trouille réelle m'assaille alors et me fait remonter sur la selle. Au moment où je m'apprête à démarrer, ses deux mains s'écrasent sur le guidon, ce qui me déséquilibre et m'envoie dans le fossé. La chute est rude, c'est ma hanche malade qui prend. Mais le gars, indifférent à mon pauvre sort, relève le vélo, le détaille comme un objet extraterrestre. Ma seule chance serait qu'une voiture arrive à ce moment-là. Il ne doit pas être loin de la fin de journée, de la sortie des bureaux, les gens de la ville vont revenir dans leurs maisons… Le vélo semble l'absorber complètement. Il astique les garde-boue, appuie sur les poignées de frein, caresse le petit siège arrière. Je pourrais courir, mais ma hanche, non, ma hanche ne serait pas d'accord. Je m'assois dans l'herbe qui a gardé encore un peu de pluie. Et sans oser aller au bout du raisonnement, quelque chose de confus toutefois, de complètement barré commence à s'imposer en moi. Car si j'ai bien « fait » quelque chose, c'est cette pluie venue de la musique… Et cette trogne rougeaude maintenant absorbée par le mouvement circulaire de la chaîne sur le plateau et du petit pignon, je la connais, je l'ai vue sur le livre que m'ont prêté Anna et Ivan.

— Vous voulez mon vélo ? tenté-je.

Il y a dans ma question la volonté de revenir à une situation disons plus normalisée. Après tout, il peut s'agir d'un rançonneur de bicyclettes de petites départementales. Et si tel est le cas, je lui cède volontiers ma bécane et rentre à pied chez moi. Si ce n'est que ça, tout va bien. Je n'ose pour le moment envisager d'autres rançons qui seraient beaucoup plus dramatiques pour moi. Un court instant, je m'aperçois éventrée au fond du fossé.

— Il vous intéresse, mon vélo ?

Ma question redoublée rompt enfin sa contemplation. Il se retourne et pointe sur moi des yeux bleus, tout hagards, presque tristes. Il me montre ses oreilles en criant KAPUTT ! puis plante dans la droite le cornet en cuivre. Il tire de sa poche un vieux cahier brun avec un crayon en bois qu'il me tend. Je le prends craintivement. Ma première supposition, la plus bizarroïde, se confirme à mesure que défilent sous mes doigts les pages du cahier remplies de portées de musique qui se baladent au milieu de bouts de phrases en allemand. Je vois qu'il insiste pour que j'écrive quelque chose. Il y a dans cette insistance quelque chose de pathétique. Combien de fois a-t-il dû supporter des mots pour lui incompréhensibles, des vacheries qu'il ne pouvait pas entendre ? Il est temps de me coltiner au réel. Alors, j'y vais. Mais le crayon qu'il m'a donné n'écrit pas. Il n'a plus de mine. Je me soulève et sors de la poche arrière de mon short mon portable et je tape les premières lettres, LUD... ; le curseur complète WIG ; VAN... le curseur balance GOGH... ; je rectifie... BEE... le curseur aligne THOVEN. Mon bras se tend vers son visage.

— *JA ! NATÜRLICH ! DA ICH BIN.*

Cette satisfaction à être reconnu ne campe pas longtemps sur son visage. Un quatre-quatre noir couillu, débouchant de la côte, nous hurle dessus et plonge en panique Lud' – une précision, c'est ainsi que je l'appellerai : Ludwig van Beethoven, c'est trop long et surtout inexact (quand on est un revenant, on n'est plus complètement la personne disparue) ; L.V.B. me paraît trop froid. Lud', c'est affectueux et cela vient de moi.

Saisie par un sentiment de responsabilité, je comprends que je ne peux pas le laisser au bord de la départementale. C'est lui que je dois protéger. Je tape sur le smartphone qu'il faut qu'on s'en aille et lui indique le siège arrière. Il ne comprend pas. Je m'y installe tant bien que mal, en poussant les rebords, pour lui expliquer. Il finit par s'asseoir. Le chapeau de travers sur sa chevelure touffue, les jambes repliées sur le ventre. Le grand compositeur : un gnome déguisé encastré dans un siège enfant. Je me cale sur la selle et me mets en danseuse pour donner la première impulsion. Vu sa corpulence lourde et trapue, je m'attendais à ce que cela soit plus difficile, mais la machine démarre aussitôt, sans effort particulier. Cela me paraît tellement facile que j'en viens à douter de sa présence derrière moi jusqu'à ce que ses bras enserrent ma taille et qu'il se mette à crier dans la brise du soir :

— *JA !* ELLE EST ENCORE LÀ, MA SYMPHONIE… JE VAIS POUVOIR LA RÉCUPÉRER MAINTENANT.

Peu avant d'arriver au village, nous avons croisé une autre voiture, un utilitaire au volant duquel j'ai cru reconnaître Juliette, la femme de Norman. Elle a paru effrayée en me voyant. C'est que nous devions former un drôle d'attelage, tous les deux, sur le vélo. J'ai abandonné la route départementale, pris un sentier qui tambourinait pas mal pour éviter la place du village, de laquelle je percevais les essais voix de ma mère puis, après quelques chaos, j'ai repris la route, direction la ville, cinq kilomètres dans le crépuscule. Où allais-je déposer mon bagage à chapeau à claque qui ne cessait de répéter : « JE VAIS POUVOIR LA RÉCUPÉRER MAINTENANT… » ?

Avant les villes, on le sait, il y a les inévitables ZAC. Base où il est interdit de marcher, base où l'on rond-pointe en bagnole pour accéder à différentes grosses boîtes ondulées et interchangeables pour consommer joyeusement, 24-24.

En longeant l'une de ces boîtes, un *Bricodream*, Lud' remarque des cabanons et chalets de jardin exposés à l'extérieur : grosse promotion fantastique : 849 euros l'unité. Je freine. Le compositeur veut une « hutte » pour se reposer. J'ai beau lui expliquer que ça me paraît dangereux d'occuper l'un de ces cabanons, il reste évidemment sourd à mes réticences. Finalement, à court d'arguments et pressée par le temps, je le fais entrer dans le show-room, juste avant la fermeture, en prenant bien garde de ne pas être vue par un vigile. Lud' opte pour le modèle « Alaska ». L'ouverture de la petite porte en bois libère des effluves brûlants de sapin lambrissé, ce qui ne dissuade nullement le compositeur. Il entre dans la cabane, en poussant un « ARGHH ! » assez mélodieux.

Et je l'ai laissé là. Cette escapade avait trop longtemps duré. Il était temps de regagner le monde.

Après son concert, ma mère a fondu sur moi. Malgré les applaudissements qui saluaient sa performance farmerienne, elle semblait furieuse. C'était vrai qu'avec toutes ces perturbations, je n'avais pas rapporté le kilo de tomates demandé. Mais ce n'était pas ça qui posait problème. Elle m'a empoignée par le bras et tirée vers le cimetière, endroit à l'abri des bruits de la fête, sous la lueur blanche d'un lampadaire où se castagnaient moustiques et papillons de nuit.

— Qu'est-ce qui s'est passé chez Norman, cet après-midi ?

— Eh ben, il a eu un malaise, il faisait tellement chaud !

— Je sais bien, Juliette est venue m'en parler.

— Ah… Et il est sorti de l'hôpital ?

— Oui, tout va bien, juste un peu déshydraté… Mais Juliette m'a dit que tu lui aurais fait une sorte de massage… Quelque chose de magique… Qu'est-ce que c'est que ça ?

Je ne savais pas quoi répondre. Elle a ouvert son petit sac à main, pris une cigarette, celle des concerts, c'étaient les seules fois où elle s'autorisait à fumer.

— Alors ?…

— J'ai essayé de le réconforter… Je n'ai rien fait de mal…

— Tu as paniqué Norman. Il te prend pour une sorcière !

Un trait de fumée, tranchant comme une lame.

— Je ne veux pas de souci ici. Je ne veux pas recommencer ce que j'ai vécu avec ton père. Je garde des enfants. Je ne veux pas qu'on dise que ma fille est une « sorcière », tu comprends ? C'est ma dignité qui est en jeu.

Je l'ai regardée avec son bustier noir qui la boudinait et sa perruque rousse pailletée. Et je l'ai trouvée immensément touchante d'amour dans sa panoplie ridicule.

— Je crois que tu as arrêté trop vite les visites chez la psy…

Elle m'a dévisagée sous le halo excité des insectes.

— Tu as encore besoin d'être suivie, Marlee… Il y a des choses qui ne vont pas en toi.

Avec le bout de ma tong droite, j'ai dessiné de petits cercles repentants sur les gravillons.

— OK, je retournerai le voir, Norman…

— Ah, la voilà, notre chaman, notre danseuse de pluie…

Pour une fois, la bonne humeur épaisse de Jérôme m'a rendu service. Elle a dilué dans la nuit la bizarrerie de la journée.

Était-ce raisonnable ? J'avais passé la journée du lendemain à me poser cette question. Vers dix-huit heures, j'ai annoncé à ma mère que j'allais passer la soirée chez Anna. Je sais que quand il s'agit d'Anna, ma mère ne me dit jamais non. Elle prétend qu'Anna appartient à un bon milieu. Un bon milieu, pour ma mère, c'est de la belle vaisselle du dimanche midi, des serviettes en tissu avec des initiales, des tableaux de paysages encadrés d'or, des discussions qui dépassent trois phrases. Chez Anna, ce n'est pas vraiment ça, mais comme je l'ai déjà dit, notre imagination, chez nous les petits, c'est souvent riquiqui.

J'ai pris mon sac à dos où, après une grosse hésitation, j'ai mis deux tranches de jambon, un bout de baguette un peu dure et deux cannettes de bière premier prix d'un pack que Jérôme entreposait à côté du frigo. On dit que les Allemands sont de grands descendeurs de mousse.

Une ZAC, c'est truffé de surveillance. La journée, cela se voit peu. Il ne faut pas que le consommateur se sente épié. Cela nuirait à son impulsion acheteuse. Mais la nuit, la surveillance montre ses crocs. Les bonnes gens sont rentrés à la maison, appel d'air qui peut attirer les hordes crêtées, percées, droguées, bandes des périphéries, gangs de gamins dépenaillés. Le parc se fait alors forteresse : grilles électrifiées, caméras fixes, drones, vigiles à drones, vigiles à chiens, vigiles à taser.

C'est pourquoi je n'en menais pas large quand, après avoir caché mon vélo dans un fourré, il a fallu que j'escalade la clôture du *Bricodream* avec le sac de victuailles dans le dos. Heureusement que je ne m'attaquais pas à un magasin de bidules high-tech : un cabanon suscite moins de convoitise et de surveillance. Je franchis le sommet de la clôture, puis saute de l'autre côté et me fais mal. La hanche me relance. En claudiquant, je m'avance vers le modèle « Alaska », pousse la porte.

— Lud', vous êtes là ? chuchoté-je, presque honteuse de me trouver là.

Une grosse partie de moi-même hurle que je suis folle.

Noir et silence. Pas une seule respiration. Je répète la question un peu plus fort, pas trop tout de même, un vigile pourrait passer par là. J'entre dans le cabanon, le plancher craque sous mes pieds, qui heurtent ceux d'un tabouret. Le bruit de sa chute, décuplé par le silence, ne provoque aucune réaction. Peu à peu mes yeux s'accoutument et ce qu'ils montrent, c'est l'absence de toute vie. S'est-il fait embarquer par un agent de sécurité à blazer bleu marine ? Papiers d'identité ? Dépôt de plainte. Garde à vue. « Je suis Ludwig van Beethoven, *herr komissar* ! - Et moi, la réincarnation d'Albert Einstein et de la Vierge-Marie ! » Dingue embarqué. Dingue analysé. Dingue encamisolé... Ces hypothèses me terrassent.

Je ramasse le tabouret. Je m'y assois. Très bien ! Je capitule. Ma partie lucide a gagné. Elle peut se fendre d'un rire bien méchant. Je suis vraiment folle ! Pour moi, la camisole ! La mytho intergalactique ! Quand est-ce que je vais voir la réalité en face ? Mon désespoir est total, compact, quand finissent par monter en moi les caresses géantes des violons de l'Adagio. Et là, je ne délire pas. Cette musique est bien en moi, accrochée à mes viscères, une tumeur merveilleuse.

Au même moment, je pense à la brindille que je poussais dans la coquille du bernard-l'hermite pour faire sortir la bestiole rosâtre. C'était pendant mes vacances à la mer, j'étais petite, une bande de tissu me servait de soutien-gorge, mon père fumait sur sa serviette en regardant mélancoliquement l'horizon. Je tire du sac mon casque, que je branche sur ma bouche. Le son qui s'échappe des écouteurs est abominable, mais l'Adagio passe.

— *JA ! JA !* entends-je alors derrière moi.

J'ai fait sortir le crustacé de sa coquille ! Je suis la plus heureuse des demoiselles ! Pas pour moi l'asile ! Adios, triste lucidité ! Je me retourne. Dans l'embrasure de la porte, un point noir grossit, s'allonge, se fait silhouette aussitôt surmontée d'une grosse tête broussailleuse.

— LA MUSIQUE ÉVEILLE LA VIE ! hurle Lud'.

Il se rapproche, pose sur mon épaule une main qui diffuse une légèreté joyeuse. Il produit des borborygmes qui suivent la mélodie de l'Adagio. Il rêve et cela sonne faux. J'arrête la musique. J'active la fonction « lampe de poche » de mon portable et le pose sur une petite table qui se trouve au milieu de la pièce. J'installe les cannettes de bière, le jambon, le bout de pain rassis. Il s'empare d'une cannette, ouverture fusée, glouglous avides.

— *DANKE ! DANKE SCHON !* fait-il en libérant trois petits rots flûtés et gracieux - tout est musique chez Lud'.

Je tire alors de la poche de mon jean un petit écrin en plastique. J'en soulève le couvercle et retire d'un compartiment capitonné deux appareils auditifs, des Phonik 45. Ils ont appartenu à mon grand-père, qui a été balayé par l'épidémie l'an passé. Une autre histoire de chagrin. Quand on a vidé sa maison, je les ai pris. C'était toujours moi qui les lui réglais, en changeais les piles.

— J'ai mieux que votre cornet pour entendre, tapé-je sur mon portable alors en les lui montrant.

Il inspecte avec méfiance les deux petits appareils. C'est quand je lui apprends qu'ils ont appartenu à mon grand-père, Antoine Creutzer, qu'il accepte de les essayer. Il s'assoit sur le tabouret. Éclairée par mon téléphone, je les installe dans ses oreilles poilues.

— Vous m'entendez mieux, maintenant ? lui demandé-je en parlant normalement.

Stupéfait, il se redresse ; ses deux longues mains ouvertes se posent sur ses oreilles comme si elles lui faisaient mal.

— *WAS ! DAS IST WUNDERBAR !* MAGNIFIQUE !

Il se met à tourner dans le cabanon comme un chien fou en murmurant des choses incompréhensibles, tristes et joyeuses à la fois. Il revient vers moi. Son gros visage est baigné de larmes. Il arrache de son col le cornet en cuivre et le balance dans un coin.

— MERCI, MARLEE KREUTZER ! MERCI ! CELA NE M'ÉTONNE PAS DES KREUTZER !

Il me secoue comme une gourde. Je suis bien heureuse de le voir si lumineux, et un peu gênée.

— Vous savez, on peut parler normalement, maintenant.

— *JA ! Ja...* Oui, c'est bien... Normalement. Normalement. Normalement...

C'est une chose vraiment émouvante, cette redécouverte du chuchotis chez lui.

— J'ai faim !

Il soulève une tranche de jambon qu'il fait balancer au-dessus du faisceau du portable, puis l'engloutit dans une grimace. Maintenant qu'il paraît rassasié, je vais peut-être en savoir plus. Mais il est tout à ses oreilles qui l'émerveillent. Il se parle à lui-même en allemand et m'a complètement biffée.

— Pardon... Pardon...

Je me recolle la prise jack dans la bouche. Ondulations de l'Adagio. Il se retourne vers moi, le visage mouillé d'émotion. Je baisse le volume. Et son visage se fait d'un coup plus sombre.

— Cette musique est la mienne. Elle est pour le moment en toi, mais elle ne t'appartient pas. Tu ne dois plus la donner aux autres, comme tu l'as fait avec ce paysan.

— Pourquoi ? Pourquoi votre musique est en moi ? Je n'y connais rien en musique. Pourquoi moi ?

Ses grosses paupières se plissent doucement, puis s'ouvrent sur ses grands yeux émus.

— Tu le sais... Parce que tu es sensible, parce que tu es une Kreutzer.

Je le regarde, interloquée.

— L'un de tes aïeux était un grand ami à moi. Il s'appelait Rodolphe Kreutzer. Un immense violoniste. Un homme bon que j'ai connu à Vienne.

Jamais l'on ne m'a dit que ma famille avait compté un Rodolphe, un musicien, un ami de Beethoven. Y a sûrement erreur. Ils se sont plantés dans l'au-delà, c'est certain. De musique, dans la famille, on n'en sait presque rien, à part ma mère avec sa Mylène Farmer, et la guitare de mon père dont il jouait très mal, à ce qu'il paraît.

— Rodolphe aimait beaucoup ma musique. J'ai même écrit pour lui une sonate qui a été souvent jouée.

— Je crois que vous vous…

— Et tu peux être fière de Rodolphe : c'était un Français fidèle aux idées neuves de la Révolution… Pas comme le petit César à grandes bottes qui s'est pris pour un empereur ! Votre Napoléon !

Sa voix se fait lugubre. Voilà qui m'ôte toute envie de le contredire. Et puis, qui est ce Napoléon ? Il faudra que je me renseigne sur ce type. Que de vide en moi ! Lud' attaque l'autre cannette, qu'il exécute en une longue gorgée. Il la dépose bruyamment sur la table. Il me dévisage comme une bête curieuse. D'autres petits rots, en staccato, gonflent ses joues.

— Tu as la générosité de Rodolphe, conclut-il en contemplant l'écrin des Phonik 45.

Je laisse échapper une moue douteuse. On voit bien qu'il ne me connaît pas. Pour les Phonik 45, ça s'est trouvé comme ça. Autant qu'ils servent à quelqu'un d'autre, c'est tout. Je suis loin d'être une sainte.

— Marlee, reprend-il d'une voix douce, nous sommes tous petits et misérables. Toi comme moi avons connu de grandes douleurs. Mais la musique est là pour nous soigner, pour nous élever, pour nous hisser à son niveau, celui du Très-Haut !

Un index prédicateur se tend vers la soupente du cabanon, puis sa main s'ouvre comme un immense oiseau qui accompagne le fredonnement de quelques mesures du quatrième mouvement, quand les violons puis l'orchestre giflent l'air. Mais cette aile gracieuse se recroqueville brutalement : un poing s'abat sur la table, fait tomber les deux cannettes vides ainsi que la prise jack de ma bouche.

— Mais votre monde ne mérite plus ma musique ! Comme je ne peux pas toute la sauver, je récupère au moins ma *Neuvième*. Et c'est toi qui vas me la rendre !

Une peur zigzague en moi. Une passion trouble anime le compositeur, quelque chose du prédateur qui veut en terminer avec sa proie.

— Tu ne crains rien, s'adoucit-il aussitôt en s'installant sur le tabouret. Il pose à plat ses longues mains blanches sur la table : ses doigts sont d'une finesse de fée. Sa voix se fait alors très sombre.

— Si tu savais le mal qu'on a fait subir à ma Symphonie... J'ai voulu dresser un monument à la joie, à la fraternité... Des barbares l'ont souillé à jamais de leur haine... Je ne peux pas oublier, Marlee, je ne peux pas oublier ces enfants aux yeux de ténèbres que des bourreaux qui parlaient ma langue affamaient, frappaient. Des enfants presque morts, des visages de cartilages, des bêtes enfermées dans un camp, à Theresienstadt, dans un pays de terres gelées et de silence, à qui on ordonnait de chanter mon *Ode à la Joie.* J'ai vu, Marlee, j'ai vu ces corps innocents dont les lèvres bleues murmuraient, avant qu'on leur fende le crâne à coups de pelle, « *Freude, Schöner Götterfunken* »...

Au même instant, à Berlin, un orchestre symphonique jouait mon Ode, la même Ode, devant des sauvages en grand uniforme, zélateurs de la pureté et de la mort. Leurs mains qui empestaient le cadavre applaudissaient ma musique.

Lud' se tait. Ses doigts pianotent sur la table en tek.

Sous la lueur du portable, ses yeux adressent à ces souvenirs un regard désespéré.

— Ma Symphonie est devenue l'hymne des diables, ceux qui classent et tuent les hommes en fonction de leur peau, de leur histoire, de leur dieu.

Je ne connais pas « ces » enfants ; je ne les connais pas. Je n'en ai jamais entendu parler. Je ne connais pas « ces » enfants au crâne fracassé. Pourquoi ? Comme je ne connais rien à « ces » bourreaux » en « grand uniforme ». Qu'est-ce qu'il me raconte, Lud' ? Soit c'est un menteur de mon calibre, soit… Soit c'est mon monde qui est pourri, parce qu'il ne m'a rien appris : il a fait de moi une ahurie aux yeux vides.

— C'est ça, Marlee… Ton monde est une goule qui dévore le passé, la beauté, la raison, la campagne, le cœur. Ma musique n'a plus rien à faire dans un tel monde. Elle est devenue inutile.

— Mais non ! Elle apaise, elle rafraîchit. Elle peut sauver, encore, votre musique.

Lud' hausse les épaules et continue dans l'amertume.

— Qu'est-ce que les gens écoutent ? On a dépecé ma Symphonie comme un lapin. On a barbouillé ses tempi. On a changé les paroles. Plus personne ne comprend celles de Schiller. Mon œuvre est devenue fade. Je l'ai même entendue dans une cage en fer qui vous hisse dans vos tours…

— Mais beaucoup de belles personnes l'aiment encore !

Me revient en mémoire l'air beau et valdingué qu'Ivan prenait lorsqu'il jouait la Symphonie.

— Ah oui ? On l'aime encore, ma musique ? Mais qu'en fait-on ? Sitôt qu'un de vos beaux parleurs devient roi, il veut mon Ode pour marcher dans des hémicycles gris ou devant une pyramide ! Et quand ce même roi veut faire la guerre à un autre roi, qu'il veut galvaniser son peuple pour se laisser tuer plus volontiers, il fait dégouliner la virile Symphonie du grand Ludwig van Beethoven pour amalgamer les enthousiasmes ! Je ne veux plus de cela, tu comprends ?

Ses doigts de fée saisissent brutalement ma main.

— Tu es là, chère Marlee Kreutzer, et grâce à toi, je vais la sauver.

Je retire la main.

— J'ai besoin de ta vie pour la récupérer. Sans toi, la Symphonie n'est plus rien. Tu es la seule au monde à la porter comme un enfant. Et maintenant, tu vas me la rendre, tu vas la rendre à son créateur. C'est ainsi que cela se passe toujours !

J'ai un geste de recul. Je n'ai pas demandé à être la mère porteuse d'un type mort il y a des siècles !

— Et vous allez faire comment, hein ?

J'imagine des opérations gynécologiques avec table d'examen, pieds dans les étriers et spéculums glacés. Je sais ce que c'est, à mon âge. J'ai déjà connu ça. Ou alors va-t-il goulûment s'attaquer à ma gorge comme ce type au visage blanc et aux incisives tranchantes que j'ai aperçu une fois dans un vieux film ? J'ai peur. Un doute parcourt son gros visage plein d'ombres. Il se rapproche tandis que je recule jusqu'au mur du fond de la cabane. Il chuchote :

— Tu vas juste rester contre moi, te blottir contre moi, et tu joueras toute la Symphonie. Cela ne sera pas douloureux, je te le promets. Ensuite je te laisserai éternellement tranquille. Plus de…

C'est à ce moment-là que la porte de la cabane s'est ouverte brutalement sur deux puissantes lampes torches qui m'ont aveuglée.

— Tu bouges pas ! a gueulé l'une des deux. Tu mets les mains sur la tête et tu bouges pas !

— Et fais gaffe, on est zuper armé ! a zozoté l'autre.

Les deux vigiles ont balayé l'intérieur de la cabane, se sont arrêtés sur les cannettes vides, l'emballage de jambon et se sont à nouveau fixés sur moi. L'un d'eux, un gringalet agressif, s'est approché :

— T'es toute seule ? On t'a entendue parler ? T'étais avec qui ? Ouvre la bouche !

Tu pues la bière. Avec qui tu te bourrais la gueule ?

L'autre, celui qui zozotait, masse lourde et embarrassée, a commencé à fouiller partout.

— Et z'est quoi, ça ?

Il tenait dans le creux de sa main l'écrin avec les deux Phonik 45.

— Alors, qu'est-ce que tu fais là ? Tu es en infraczion !

Je ne sais plus si j'avais peur ou si j'étais soulagée.

Le responsable sécurité tripotait la boîte de Phonik 45 tout en me scannant d'un œil qui se voulait bienveillant. Il était à peine plus âgé que moi. Une fine moustache hésitait au-dessus de ses lèvres. Impeccablement nouée sur une chemise blanche, sa cravate, bleu strict, était ponctuée de petites cibles dorées. Il tirait souvent sur les manches de sa veste grise neuve pour en chasser de possibles plis disgracieux. Une véritable réussite, ce garçon. Ses parents devaient être fiers de lui et de son costume.

Sur la table, devant l'écran de son ordinateur, était éparpillé le contenu de mes poches et de mon sac : quelques euros, la clé d'un antivol, le trèfle à douze cartes de mon portefeuille.

— Ainsi, madame Creutzer, vous maintenez avoir pénétré par effraction dans le site protégé pour récupérer ces prothèses auditives appartenant à votre grand-père ?

Je n'avais pas trouvé mieux pour le moment. Moi qui avais été pendant de longues années une menteuse d'un bon calibre, Lud' me faisait descendre en gamme.

— Et les denrées périssables ? Emballage de jambon, cannettes de bière ? Pouvez-vous m'expliquer leur présence ?

Le responsable parlait toujours aussi calmement, sans le moindre signe d'impatience. Il avait vraiment bien été formé. Ses phrases ressemblaient à des moufles soyeuses. J'ai dû tenter autre chose.

— En vérité, ai-je hésité un peu, en vérité, je suis venue dans la cabane car j'avais un rendez-vous avec un ami…

Se rapprocher de la vérité, c'est encore ce qu'il y avait de mieux à faire. Ses doigts se sont remis à pianoter.

— Voulez-vous bien me révéler son identité ?

— Oui… Ludwig van Beethoven.

Doigts pétrifiés au-dessus du clavier. Un brouillard a aussitôt obscurci la transparence émeraude de ses petits yeux appliqués. Là, c'est certain, il allait sortir de ses gonds, comme on dit.

— C'est un étranger ? Vous pouvez épeler, s'il vous plaît ?

J'ai commencé à le faire quand il s'est encore arrêté, stupéfait cette fois-ci. Il a tourné vers moi l'écran où s'affichait la trogne inspirée de Lud' – magie d'Internet. Le responsable a dodeliné nerveusement de la tête, s'est mis debout, a fait quelques pas dans le local de sécurité de la ZAC. Un doigt interrogatif rebondissait sur le fin duvet de sa moustache. Enfin, il m'a regardée. Un sourire s'est enroulé autour d'une moue rigolote qui a formé un petit flux d'air surpris.

— Bien…

Il a regagné sa chaise pliante sans se départir de ce sourire, ce sourire que prennent les adultes quand ils sont face à de doux déglingués de mon espèce.

— Bien… Compte tenu du fait qu'il n'y a pas eu de dégradation du site, je ne vais pas mener plus loin mes investigations. Et je ne préviens pas la police. Mais attention, vous êtes désormais fichée et à la prochaine incartade, vous n'y couperez pas.

J'ai articulé un « merci » timide. Je ne m'en tirais pas trop mal.

— En revanche, comme vous êtes encore mineure, je suis dans l'obligation de contacter votre responsable légal.

Et quand je l'ai vue dans l'embrasure de la porte, ma responsable légale, elle ne m'a rien dit. Elle a juste remercié le serviable agent. Dans la voiture, gros silence des moments critiques.

Quand elle s'est garée devant la maison, elle a lâché qu'il était temps que j'aille me faire soigner, qu'elle ne pouvait plus rien faire pour moi.

J'ai passé une bonne partie de l'été à faire profil bas. Pour rassurer ma mère, j'ai rappelé Caroline pour d'autres séances. Je n'ai pas eu besoin de dire pourquoi. Cela ne l'a pas étonnée. Notre « travail » reprendrait à la fin du mois d'août. Elle s'apprêtait à partir trois semaines en Grèce.

Cet été-là, comme tant d'autres étés, nous sommes restés au village. Ma mère gardait d'autres enfants, mais refusait que je m'en occupe. Malgré mes gentillesses, elle se montrait soupçonneuse à mon encontre. Être allée me cueillir dans un local avec des agents de sécurité réveillait en elle des souvenirs douloureux.

Lors des repas de famille, on évoquait rarement mon père et ce que ces silences disaient, c'était une forme de honte. Je savais qu'il ne s'était pas toujours bien conduit. J'ignorais jusqu'où était allée cette mauvaise conduite. Et sur ce chapitre, même le volubile facho de Kevin Creutzer restait mutique.

J'étais seule. Anna passait ses vacances à la mer.

Heureusement qu'il y avait mon vélo, mes balades dans la campagne plate et surchauffée et la Symphonie énorme.

Parfois, certains jours gris, j'aurais voulu m'en débarrasser. Mais depuis l'affaire du cabanon, je n'avais pas revu Lud'. Qu'attendait-il pour reprendre son bien ?

J'en profitais pour faire des recherches.

Je lisais le petit livre qu'Ivan m'avait prêté. J'apprenais que Lud' n'avait pas eu une vie marrante. Dès l'enfance, il connaît des problèmes d'audition. À trente ans, il devient complètement sourd. Terrible pour un musicien. C'est comme une danseuse estropiée. Alors, forcément, ça rend lugubre. Jusqu'à cet âge, il a été obligé de cacher son infirmité. C'est qu'il est en pleine ascension, qu'il joue devant des empereurs, des princes, des reines, c'est un as absolu du piano. À trente ans donc, n'ayant plus le choix, il écrit à ses frères, il fait un testament, il se voit déjà mort. Et il explique tout. Il justifie son mauvais caractère, sa misanthropie par cette horrible malédiction, la surdité.

Mais Lud', c'est aussi un amoureux. Eléonore, Giuletta, Thérèse, Joséphine, Amélie, Antonia… Ses immortelles bien-aimées. Toutes ont eu droit à leurs sonates, leurs quatuors, faute d'autre chose. Car le bougon Ludwig devait vite se retrouver dans la « friendzone ».

J'ai écouté d'autres œuvres, des concertos avec des pianos furieux, des sonates murmurées, un opéra, barbant... Mais pas de *Neuvième*. Plus jamais de *Neuvième*.

J'ai aussi cherché des choses sur ce Rodolphe Kreutzer, lequel s'écrit avec un « K ». J'ai questionné ma mère. Un Rodolphe Kreutzer, ça te dit quelque chose ? L'un de nos ancêtres ? Elle m'a encore prise pour une cinglée.

Quand un matin, un matin un peu plus triste que les autres, un matin d'après 15 août quand l'été, à force de piétiner, s'abîme en orages, et que je traînassais au lit, j'ai appelé de trois clignements de paupières l'Adagio. Bras ouverts, nue, offerte, j'attendais le souffle mélancolique des hautbois et la caresse des violons, mais mon amant de musique m'a paru tout de suite moins net. Dispersé. Pas à son affaire. Les notes grésillaient, les caresses se suspendaient, reprenaient, assourdies, étouffées. Mauvaise transmission. Et puis, une longue interruption. Une drôle d'impression m'a alors saisie. Si le vide était une sensation, ce serait celle de cette nausée qui s'est soulevée en moi. J'ai cligné une nouvelle fois, l'Adagio s'est remis en place. C'est moi qui ai eu froid subitement. Je me suis habillée, fébrile. La Symphonie commençait à m'abandonner. Lud' l'avait-il reprise ?

Même si notre monde était si dégoûtant, Lud' ne pouvait pas comme ça, trois cents ans après l'avoir donnée aux hommes, venir la récupérer comme un gamin capricieux. Donner, c'est donner. C'est tout. Bien sûr il y aura toujours des tarés, des imbéciles, des racistes, des gagneurs aux grosses dents pour faire n'importe quoi avec sa musique, mais il y en aura toujours d'autres pour qui cette musique sera un bonheur avec des frissons partout, une réparation, un médicament universel.

J'ai attendu la fin du mois d'août pour agir.

J'ai appelé Anna à son retour.

— Il faut que je te voie.

— Qu'est-ce que tu as ?

— Tu sais écrire de la musique ?

— Moi, pas trop, mais Ivan sait : il a l'oreille absolue.

— L'oreille absolue, c'est quoi ?

— Ça permet de transcrire en note le moindre son.

J'appelle aussitôt l'Oreille, lui fixe un rendez-vous à l'entrée du Conservatoire. Je lui dis qu'il y a urgence vitale.

Je retrouve Ivan, son sac à hautbois derrière le dos. Pas le temps de blablater. J'arrive par-derrière, la prise jack plantée dans ma bouche et l'enserre à la taille. Il sursaute comme un spaghetti paniqué. J'en profite pour enfourner dans ses oreilles titanesques les écouteurs et largue le début l'Allegro. Un temps paralysé, il se retourne subitement, marque un geste de recul comme si j'étais Belzébuth. Ouf ! Je suis contente : j'ai encore un peu de musique en moi !

— Tu dois écrire ce que j'ai à l'intérieur.

Je pose une main suppliante sur sa joue violette.

Quelques jours plus tard, c'est un mercredi après-midi. Ma mère est absente. Dans ma chambre plongée dans une semi-obscurité, il y a Ivan. Intimidé de se retrouver là.

Sur ses genoux, il y a un cahier de musique qu'il feuillette fébrilement.

— Quarante-huit pages, ça va suffire ?

— La Symphonie, elle dure environ une heure dix. Mais il faudra aussi écrire les paroles.

Ivan acquiesce, timidement.

— Attends ! On va mieux s'installer.

Je tire mon bureau, que je débarrasse de mes bouquins de classe et des nouvelles affaires scolaires – la rentrée remonte à quelques jours -, le colle au pied de mon lit. Je tire des genoux d'Ivan le cahier de musique que je mets sur le bureau, à côté de crayons et d'une gomme. J'installe deux enceintes dont je fais courir les fils sur ma couette. J'enlève mes baskets, j'ôte mon pull, je m'allonge sur le lit, j'inspire, j'expire. Être la plus détendue possible pour que la Symphonie puisse sortir dans les meilleures conditions. La moindre perturbation de mon corps, un hoquet, un petit renvoi, une tension pourraient en altérer la qualité.

J'ai bien anticipé le moment – un accouchement, ça se prépare.

— On peut commencer ?

— Attends, Marlee...

Il sort de son sac à hautbois un portemine qui, après avoir tracé des tas de barres horizontales sur les portées, fait l'hélicoptère sur sa main.

— J'y vais.

Je respire profondément, je me concentre, je cligne une fois des paupières. *Allegro ma non troppo, un poco majestoso.* Les vents, les cordes, éveil sourd puis brutal du monde – grosse caisse et cymbales. Poitrine tambourinée, cage thoracique en vibration. Et ça descend jusque dans le bas de mes fesses. Mais le portemine reste figé comme un pauvre bout de bois. Deux clignements de paupières pour marquer une pause.

— Qu'est-ce qui se passe ?

— Je n'y arriverai pas, Marlee. C'est trop puissant.

— T'es pas une Oreille absolue ?

— Ce n'est pas suffisant. Cette musique est trop complexe. Tout se superpose. Il faudrait que tu décomposes, tu comprends ? Les lignes de basse, l'harmonie, la mélodie... Je n'y arriverai pas.

— Je n'ai pas ça en option. Moi, on m'a tout donné en une seule fois et je ne connais rien à la musique.

Je me lève en titubant légèrement et me rapproche de lui : les portées sont muettes.

— Je suis désolé, Marlee… Il faudrait qu'on ait Beethoven en personne pour faire ce travail, ajoute-t-il dans un pauvre sourire.

— Ne le dis pas trop fort, justement. Il pourrait nous entendre…

Il me regarde avec un air bizarre. Au moins il ne peut plus nier ce qui coule dans mes veines.

Le désespoir m'envahit alors.

— Tu ne peux pas essayer tout de même de mettre quelque chose sur tes portées ? Je ne sais pas, l'air principal, quelques extraits. Des traces, quoi…

Il me dévisage longuement. Je le dévisage doucement. Il y a une friture amoureuse dans nos yeux.

— Marlee, on va trouver autre chose.

Caroline Unger n'a pas paru étonnée par ma demande. Le temps du bla-bla sur nos fauteuils était passé. Je voulais lui faire une démonstration, un « live » ! Je sentais une urgence depuis l'échec de l'entreprise avec Ivan.

— Il faudra que vous installiez une enceinte au milieu de la pièce, et vous entendrez.

— Le docteur Vieil, il te connaît bien. Il serait très intéressé. Est-ce que je peux…

— Pas de problème, au contraire ! ai-je répondu.

Puisque je n'avais pas réussi à faire fixer cette musique par des notes, au moins la science pourrait témoigner de ce prodige et l'attester.

La séance a eu lieu à la fin du mois de septembre.

C'est avec angoisse que je dois la raconter. Je crois que je ne suis jamais complètement sortie de cet instant.

J'arrive vers dix-huit heures. Sans le dire à personne, j'ai séché les cours de la journée. J'ai marché le long du fleuve, j'ai stocké assez de soleil et de silence pour que tout en moi soit pur, pour qu'aucune interférence n'entrave le bon déroulement de l'œuvre.

Caroline m'accueille, m'embrasse, m'emmène dans le salon au milieu duquel je vois tout de suite, dressée sur un guéridon, une enceinte connectée qui ressemble à un gros shaker.

— Je viens de l'acheter ! Une excellente qualité, m'a-t-on garanti.

Se lève le docteur Vieil, qui me salue et s'inquiète de mon état. Je crois lui avoir dit que tout allait bien même si une étrange chaleur gagnait mes joues et troublait ma vue.

— Comment veux-tu t'installer ?

Je choisis la méridienne qui était réservée, m'avait dit une fois Caroline, aux patients les plus chroniques. J'en faisais maintenant partie. J'enlève mes baskets, un orteil dépasse d'un trou de chaussette, je m'en fous. Tandis que le docteur règle l'enceinte, je me concentre. Caroline tire les rideaux de la pièce et allume quelques bougies odorantes. Enfin, le docteur me tend un fil relié à l'enceinte, puis tous les deux s'installent en face de moi. Je coince la prise entre mes lèvres.

Allez, ma fille ! L'*Allegro ma non troppo*. Cette si belle hésitation du début, cette inquiétude des violons qui ne trouvent plus d'assises dans le monde avant le fracas de la colère, celle des cuivres, des timbales, de la grosse caisse. Naissance d'un nouveau monde qui s'ordonne autour de la puissante armature de l'harmonie, naissance d'un nouveau monde...

— Marlee ?

Tous les deux me regardent, l'air confus. Le docteur Vieil vérifie le branchement et le volume de l'enceinte.

— Tout va bien, Marlee ? recommence Caroline.

— Vous avez entendu quelque chose ?

Tous deux hochent négativement la tête.

— Rien ?

— Il m'a bien semblé percevoir un petit murmure, mais ça vient peut-être de l'enceinte, précise le docteur Vieil.

Je recommence.

Incertitude du chaos.

Colère fondatrice.

Un nouveau monde qui s'éveille, mais je trébuche encore dans mon silence.

Et comme je ne veux pas laisser le néant me bouffer comme un asticot, je hurle, cris, cris qui secouent le shaker d'où il sort un cocktail, celui de mon sang souillé, celui de mon enfance griffée, trifouillée, malaxée, pénétrée par des doigts paternels que je reconnais à cet instant. Incertitude du chaos. Je hurle. Je hurle. Cette musique, dans ma tête, ce n'était que ça, ce n'était que cette douleur qui a voulu jouer les Grandes en se fringuant en Symphonie. On colmate avec ce que l'on peut. Moi, c'est avec du grandiose. La Joie ! *Freude ! Freude !*

— Marlee ? Marlee ?

Pas de mains sur moi ! Rien sur moi ! Je colle des claques au vent et aux visages qui paniquent autour de moi. Je n'accepte que la musique de Lud', mon pote du cabanon qui s'est aussi fringué de musiques immenses pour diluer sa douleur. Pas de mains ! Je boxe, je latte, je griffe, pas de mains ! pas de mains !

Je crois que je ne peux rien raconter d'autre et c'est déjà beaucoup.

Après, c'est une autre histoire, des couloirs blancs, un lit de clinique, des pilules, des électrodes sur les tempes, et plus de musique.

Cela a duré quelques années.

ENTRACTE

La salle de conférence de la « Maison Beethoven », petite bâtisse à façade grise et volets verts, était exiguë, ce qui enflait artificiellement le modeste auditoire.

Piétinaient d'impatience sur un parquet chevronné Beethovéniennes, Beethovéniens et quelques étudiants semblant se trouver là par hasard (une désagréable pluie mêlée de neige tombait sur Bonn, ville natale du compositeur).

Une petite équipe d'un média numérique local avait fait le déplacement. Alors qu'on s'installait sur des chaises pliables, attendaient derrière une table nappée, sous un portrait du compositeur jeune (cheveux et rouflaquettes fournis et sombres encadrant un visage juvénile, au teint laiteux, que le peintre Willibrord Joseph Mähler avait rehaussé d'aplats maladroits roses sur les joues), deux conférenciers : Ivan Maurier, sourire crispé, coudes sur la table et mains triturant un stylo-feutre et Hermann Schüller, face blonde et imberbe, souriante, bras croisés sur une bedaine précoce qui saillait sous un pull en laine jaune canari.

Le silence se fit enfin. Après que la directrice eut présenté les deux intervenants, Hermann Schüller exposa en allemand puis dans un anglais imperturbable les circonstances de la découverte de l'œuvre (une histoire de manuscrit dérobé à la mort du Maître par son majordome, etc.) Ponctué de traits humoristiques, de coïncidences cocasses, son récit éveilla plutôt l'intérêt. L'orateur alliait avec talent bonhomie et érudition. Il marqua la fin de son récit en ôtant un tissu noir qui dissimulait, sur un lutrin, la partition : « *Hier ist Beethovens Neunte Sinfonie !* » Le geste ne provoqua pas l'effet de surprise souhaité. De loin, c'étaient des pages jaunes saturées de notes nerveuses qui ressemblaient à du sanscrit. Dans un anglais plus approximatif, Ivan Maurier expliqua comment il avait réalisé au synthétiseur une première transcription de l'œuvre ; il en assuma le caractère artisanal, maladroit, l'enjeu étant de livrer une esquisse de la pièce, originale à plus d'un titre. L'une de ses singularités résidait dans le quatrième mouvement avec son chœur et ses quatre solistes (deux sopranes, un ténor et une basse). Quelques Beethovéniens sourcillèrent : jamais une symphonie n'aurait pu être ainsi composée du temps du Maître.

Maurier lança l'enregistrement depuis son ordinateur. Le scepticisme enfla alors au sein de l'assistance à mesure que la pénible transcription se propageait. On jugea les mélodies naïves, la structuration heurtée, maladroite. Et l'on eut du mal à retenir un rire lorsque s'éjectèrent des enceintes disposées aux quatre coins de la petite pièce surchauffée les premières paroles d'une basse robotique reprises par une mezzo grêle. Pitié ! Arrêtez cette monstrueuse bouillie douceâtre ! Devant la croissante protestation, Maurier interrompit l'enregistrement, s'excusa une nouvelle fois pour la médiocre qualité de son travail et rappela que le Maître avait composé son œuvre pour un orchestre symphonique, alors, c'est sûr qu'au synthétiseur, avec une transcription vocale, cela ne donnait pas la même chose. Pendant ce temps, Hermann Schüller distribuait au public des photocopies de la partition ainsi que les paroles de l'Ode. On espérait que ce contact direct avec l'œuvre lèverait l'incrédulité des spécialistes. Il y eut un profond silence. La salle s'était clairsemée depuis que les étudiants l'avaient quittée. La directrice consultait régulièrement sa montre : il n'était pas loin de dix-huit heures et la maison avait été réservée, le soir, par la société d'oto-rhino-laryngologistes de Rhénanie-du-Nord-Westphalie pour la tenue de son séminaire annuel.

Les pages se tournaient fébrilement, on s'échangeait des propos à l'oreille, l'on montrait quelques détails sur la partition qui inspiraient sur certains vieux visages des moues goguenardes d'élèves frondeurs.

Enfin, l'un d'eux, teint olivâtre, lunettes fumées, col roulé, costume crème, prit la parole. N'étant pas musicologue, il laissait à ses collègues le soin d'évaluer stylistiquement la qualité de cette œuvre. Quant à lui, biographe, documentariste, vidéaste, spécialiste des grands destins historiques, il lui paraissait hautement improbable que le compositeur conçût une telle « chose » à la fin de sa vie. Une Ode à la Joie ? Plaisanterie… Qu'est-ce que la fin de cette vie ? Une fin pathétique marquée par la surdité, l'alcoolisme (une tare héréditaire chez les Beethoven) et le manque d'argent… Les derniers quatuors, notamment sa Grande Fugue, témoignent de cette détresse, mais nullement cette mièvrerie scolaire, enflée de bons sentiments, de « Chérubins », « d'hommes qui s'embrassent par millions » !

Cette attaque reçut un premier assentiment de l'auditoire. La directrice s'inquiétait pour ses ORL.

Un autre, col roulé d'où débordait un goitre piqueté de blanc, homme de théâtre, s'étonna également de cet hymne pompeux appelant à la réconciliation. Voilà bien une singulière contradiction avec ce qu'était, en réalité, Beethoven. Car, il fallait se souvenir, dût-il froisser quelques amis beethovéniens, de l'attitude juste ignoble dont fit preuve le compositeur à l'encontre de son neveu Karl. L'homme de théâtre se plut à rappeler cette histoire dont il avait fait une pièce, trente ans auparavant. En 1815, Karl, le frère cadet du compositeur, meurt de la tuberculose. Ludwig décide de prendre en charge l'éducation de son neveu âgé alors de neuf ans, qui s'appelle également Karl. Il devient un père de substitution, un père fantasmé – certains critiques n'hésitent pas à émettre l'hypothèse d'une stérilité du compositeur que sa musique aurait sublimée – schéma classique. Il se montre rapidement possessif, parfois violent. Il veut par exemple lui faire apprendre de force la musique alors que le neveu, intelligence très moyenne, ne montre aucune prédisposition. Beethoven s'oppose rapidement à la mère de l'enfant, qu'il juge volage et malhonnête : il va jusqu'à la soupçonner d'avoir empoisonné son frère. S'ensuivent des années de chicaneries judiciaires, de procès pour que le compositeur obtienne la pleine garde de l'enfant et que la mère soit déchue de ses droits. La pression est telle sur l'enfant puis l'adolescent qu'il finit par multiplier les fugues puis par attenter à ses jours. Un tyran domestique repoussant, voilà ce qu'est Beethoven. L'ami du genre humain ? Un dément pervers plutôt, qui, au nom de la morale, eût dû être annulé, s'il ne nous avait laissé quelques chefs-d'œuvre inattaquables. Alors, permettez ! Nous ne pouvons que douter de cet hymne à la fraternité humaine ! De ce « baiser au monde entier » !

La démonstration édifia quelques dames tandis que dans la petite cour intérieure de la Maison se garaient, sous l'œil anxieux de la directrice, les premières puissantes berlines des ORL.

Jaillirent ensuite des remarques musicologiques qui, incontestablement, prouvaient le caractère apocryphe de la Symphonie. Hermann Schüller, chaque fois, ripostait, sans grande efficacité. L'affaire était pliée ; le lendemain, le *BonnerZeitung* titrait : « La fausse Symphonie de Beethoven ». Toutefois, au moment où la directrice clôtura la conférence (les ORL commençaient à s'impatienter bruyamment dans le vestibule du rez-de-chaussée), une femme aux cheveux cendrés, habillée simplement, évoqua une fantaisie pour piano et orchestre, une pièce rare que le compositeur avait écrite pour conclure ses concerts, qui présentait de troublantes similitudes avec cette Symphonie. Cette remarque s'effilocha dans le brouhaha des chaises pliantes sur le parquet à chevrons.

Les conférenciers sortirent de la « Maison Beethoven » dévastés. Le replet Hermann Schüller s'en remettrait. Opportuniste rebondissant, universitaire sans chaire, il guettait les angles de plus en plus morts de la culture pour s'y engouffrer. Cette déconvenue le convainquit que le créneau de la musique dite classique était définitivement caduc. Il lui faudrait passer à autre chose. Le « disco » présentait de bonnes opportunités – il venait de dégotter dans les borborygmes de son arrière-grand-mère, pensionnaire d'une maison de retraite, une chanson d'un groupe de Suédois (deux filles, une blonde et une rousse, deux types, un maigre et un poupin barbu, tous habillés comme des cosmonautes), quelque chose de très vif intitulé *Dancing Queen*. Les productions populaires mettent un peu plus de temps à disparaître que les choses savantes : c'est leur force.

Ivan Maurier, lui, était beaucoup plus profondément affecté. Une telle imposture lui coûterait sa place dans l'orchestre philharmonique de Berlin. Et comme le répertoire classique s'amenuisait, il lui faudrait envisager de faire autre chose de sa vie. Faire autre chose : il aurait pu être... le « découvreur » de cette nouvelle Symphonie, par exemple. Son parrain tutélaire. Il en aurait retiré juste un modeste bénéfice pour lui assurer un avenir : avec des tournées de conférences, un livre, on peut tenir ainsi quelques années.

Et il y avait Marlee Creutzer qu'il n'avait pas revue depuis sept ans. Anna lui avait appris qu'elle avait été internée en psychiatrie pour de sévères troubles psychologiques. Plus de nouvelles ensuite. Parfois, il lui arrivait d'être gagné par le remords. L'honnêteté aurait exigé qu'au moins il la remerciât pour ce « don » », qui venait sévèrement de se retourner contre lui. Il laissa encore quelques années cette lâcheté mariner en lui.

Il regagna la France, Paris. Des vacations dans des conservatoires de banlieue lui permettaient de gagner chichement sa vie. Et un soir d'avril, son téléphone sonna.

— Marlee ?

QUATRIÈME MOUVEMENT

On dit que les cordonniers sont les plus mal chaussés. Je peux rester des heures à méditer sur des proverbes comme ça. Je les pèse, les soupèse, les malaxe, les déforme. Et ce matin, j'aboutis à une nouvelle formulation, inversée : ce sont les estropiés qui font les meilleurs cordonniers ; ce sont les enfants de délinquants qui font les meilleurs policiers, les dysorthographiques les meilleurs professeurs de français ; et les sourds, évidemment, cher Lud', les plus grands compositeurs ! On se construit sur ses failles.

Quant à moi, la malade dont on a cisaillé le cerveau par des électrochocs – on dit « électroconvulsivothérapie », appellation plus officielle, moins traumatisante, enfin sauf pour le dyslexique s'il doit l'écrire – eh bien voilà que je suis détentrice d'un master en psychologie !

Quand je l'ai eu, Delphine a pleuré. Moi aussi j'aurais pu, mais je suis restée calme. J'ai posé mes mains sur ses petites joues creuses. Je lui ai dit que mon succès, je le lui devais en très grande partie. Je me méfie des émotions fortes. J'en ai connu tant.

Je n'ai pas été toujours comme ça, on s'en doute. Et encore aujourd'hui, je ne suis pas 24/24 la Sage qu'on visite pour coacher du bien-être à 200 balles la demi-heure.

Il y eut, avant, tant de pleurs !

Il y eut l'inaudible révélation sur mon père - le geste inouï d'un soir sur un corps d'enfant, un corps d'enfant qui est toujours le mien aujourd'hui. Un corps muet qui a étouffé sa douleur en mordillant sa hanche gauche. Ma boiterie, c'est ça, c'est de la douleur qui n'a pas trouvé de mots. Un jour je parlerai peut-être de ça, mais pas maintenant. Ce sera une autre fois. Je parlerai de ce père perdu, de ce père criminel au cœur éclaté par le remords. Un jour, mais pas maintenant. C'est une autre histoire bien que tous les psys rencontrés m'aient conseillé de mettre par écrit cette dévastation, aient essayé de me convaincre que mon délire beethovénien était lié à ça.

Il y eut ma mère, la désolation des longues années après la mort du père, la honte de son silence à elle, elle qui n'avait rien vu, rien senti, rien compris. « Le silence est mon crime, Marlee. » Longtemps elle répéta cette phrase, longtemps elle pleura dessus.

Elle eut heureusement quelques soleils - on est comme ça dans la famille, on se fabrique de soleils de trois fois rien quand ça ne va pas. Les siens, c'étaient les enfants qu'on lui confiait, c'était chanter du Mylène Farmer avec Jérôme. Le placide Jérôme qui dut quitter le village à la suite d'un changement de majorité municipale : un amalgame de cadres moyens et supérieurs urbains qui avait investi une réserve pavillonnaire mit un terme au contrat du bon Jérôme au nom de l'optimisation des ressources humaines. L'ancien factotum communal dut partir pour la ville où il erra dans l'intérim et oublia ma mère, qui s'arrêta définitivement de chanter de la Mylène.

Il faut dire que mes hospitalisations, mes crises, mes convalescences l'occupèrent longtemps. Et ce fut toujours elle, obstinément, qui s'efforça de me remettre chaque fois dans les études.

À dix-neuf ans, je passai le bac par correspondance puis, conseillée par Caroline, j'entamai un premier cycle à l'université en psychologie. Là, je découvris une langue. Je glissais dans des formules, des concepts, mes failles et mes lubies. Mes rencontres avec Lud' ? *La projection fantasmatique de mon imaginaire.* La *Neuvième Symphonie* ? Des *hallucinations psychosensorielles.* Et voilà, emballé dans la p'tite formule, le délire évacué ! J'adorais ça. J'étais la dégaineuse la plus rapide de formules diagnostiques de l'amphi' ; ma dextérité suscitait l'admiration de mes professeurs et l'attirance empressée de quelques filles et garçons…

Seule Caroline prenait avec distance ma furie taxinomique. « Ne tombe pas dans l'excès ! me prévenait-elle. Non seulement la rationalité ne résout pas tout, mais elle peut aussi conduire aux pires excès. » Un jour, elle me parla de ce que les nazis, au nom de la rationalité, avaient fait subir au peuple juif, souvenir troublant qui me remit en mémoire le désespoir de Lud' dans le cabanon, sa Symphonie souillée dans ces camps... Mais *projection fantasmatique de mon imaginaire, projection fantasmatique de mon...*

Un soir d'avril, cependant...

Un appel.

Je suis dans ma chambre du campus.

— Marlee ? C'est Caroline. Tu as ton ordinateur près de toi ?

Sa voix tremble. J'allume aussitôt mon portable.

— Je t'envoie un article. Il est traduit de l'allemand. On en reparle. Je t'embrasse, ma chérie.

C'est Anna qui m'a reconnue d'abord. Sa blouse blanche, ses traits marqués m'ont fait hésiter quelques instants. Le velcro scotché sur sa blouse, aperçu avant qu'elle m'enlace, a confirmé que c'était bien elle, mon amie d'adolescence, devenue entre-temps externe en médecine.

Nos retrouvailles se sont passées dans le hall de l'hôpital de la ville. Nous nous sommes installées dans un angle-cafeteria où d'autres blouses blanches, mêlées aux malades, prenaient un peu de repos. Deux cafés crème dans des gobelets en carton sur un guéridon en inox. Anna, elle, cela faisait quarante-huit heures qu'elle n'avait pas dormi. Externe, c'était très dur. Encore étudiant, déjà un peu médecin : normalement, l'externe se forme en observant les « vrais » médecins, mais très vite, à cause du manque de personnel, il doit se charger des malades, des malades qui attendent, pour lesquels il n'y a plus rien à faire, alors les médecins, les « vrais », leur collent l'externe, l'inutile aux bras mous qui n'a comme pilules ou remèdes que de pauvres sourires. Quand elle me raconte ça, elle n'en a pas, de sourire, Anna. Tout son visage est dévoré par la fatigue et le découragement. La peine me saisit, l'embarras aussi. Je ne pouvais pas me douter que mes recherches me mèneraient à ma si méconnaissable ancienne copine. J'aurais préféré voir une glorieuse gonflée d'elle-même. Cela aurait rendu ma démarche plus tranchante, moins instable. J'aurais adopté le ton cassant de la fille blessée à qui on avait dérobé une part d'elle-même, encore une autre. J'aurais laissé planer un gros doute grave sur cette trahison, sans en dévoiler évidemment la nature, et aurais exigé sur-le-champ qu'elle me donne le téléphone de son félon de frangin ! Mais face à moi, il y a Anna, cette Anna toute cassée par l'épuisement.

— Et toi, comment tu vas ?

Elle avance sur le guéridon sa main qui effleure le bout de mes doigts.

— J'ai su par ta mère que tu avais connu des moments très difficiles. Tu peux m'en parler, tu sais...

Oh non, pauvre Anna ! Ta barque est suffisamment pleine.

— Tout va bien... Tant qu'on a en soi un peu de musique...

Un petit sourire.

— Justement...

Voilà comment j'ai pu caser, sans trop de brusquerie, ma demande qui n'a pas eu l'air de l'étonner. Elle m'a appris que son frère avait traversé des passes compliquées. Il se serait laissé embarquer dans une histoire de supercherie musicale. J'ai fait celle qui ignorait tout alors que j'avais la certitude que l'une et l'autre n'étions pas dupes de ce que nous jouions à ce moment-là. Nous nous sommes quittées en nous promettant de nous revoir. Nous nous sommes encore enlacées. Elle m'a dit enfin, comme ça, dans un murmure de nuits blanches, que la France n'avait jamais eu autant besoin de sang, qu'il fallait donner. J'ai trouvé ça étrange comme parole. Puis elle a filé, titubante, dans le hall avant d'être happée par un ascenseur.

J'avais le numéro d'Ivan dans la poche.

Je l'appelle. Sèche. Je dis que je veux le voir le plus vite possible. Pas besoin de lui faire une dissert' de six heures pour qu'il comprenne.

Rendez-vous à la Gare-de-Lyon. Tant pis, je vais devoir piocher dans ma bourse d'études pour le train, mais ce que j'ai à récupérer vaut bien un aller-retour.

Le lendemain, départ à quinze heures dix-sept. Trois heures à regarder le défilé du paysage. De la campagne, des bêtes anecdotiques dans des champs, des collines, des plaines grises vite cerclées de lotissements, tranchées de routes, perforées de ronds-points qui appellent les ZAC ; plus de campagne. Des villes qui se succèdent, collées les unes aux autres, mélasse urbaine triste et grise. Enfin, le noir des tunnels, le cafouillis des aiguillages, les ralentissements brusques jusqu'à l'arrêt définitif du train et nous espérons que vous avez effectué un agréable voyage et, en attendant de vous revoir sur nos lignes, nous vous souhaitons une belle journée.

Sur le quai. Vacarme sous la verrière. Précipitation contemporaine. Sois dans le flux ou tais-toi. J'avance, on me heurte, je n'ai plus rien de moi en moi, je claudique dans la masse. Sitôt dans le hall des départs Grandes lignes, je le cherche. Je ne cherche pas longtemps. Près d'un distributeur de friandises, je le vois. Je m'approche. Le hautboïste a maigri, a grisé, il porte des vêtements tout lâches et des sandalettes de randonnée. Mon « traître » ressemble à l'un de ces ahuris au regard clair qui, d'un coup de tête dépressive, quitte tout pour aller traîner son malaise sur des routes de campagne. Il amorce un geste vers moi que je neutralise en maintenant la distance. J'interromps son petit mot de bienvenue.

— Elle est où ?

Il propose que l'échange se passe dans un endroit plus agréable. Nous quittons le hall. Dehors, en contrebas, c'est Paris, avec ses boulevards, ses brasseries où, en terrasse, l'on discute, désinvolture brillante dans la lumière chaude et orangée d'une fin d'après-midi. Je me laisse faire mais j'insiste pour que le don se fasse vite. J'ai un train à reprendre.

C'est moi qui choisis le lieu, un café plus retiré qui s'appelle La Consigne. Une bière pour lui, pour moi une eau qui pétille sous un quartier de citron. Après un examen rapide des alentours, il sort de la poche intérieure de sa veste avachie une enveloppe cachetée, légèrement enflée qu'il pose sur la table. Un reniflement chargé brouille la solennité du moment.

Un rhume sévère empourpre ses fines narines. Silencieux, il me regarde décacheter l'enveloppe, de laquelle je tire une espèce de plaquette en plastique terminée, à l'une de ses extrémités, par une patte métallique.

— C'est ça, ton oreille absolue ?

Un petit sourire s'échappe de ses lèvres. Un portemine se dresse entre son pouce et son index.

— C'est son agrafe, qui est aussi une clé-mémoire. C'est ce portemine que j'ai utilisé quand…

— Parce que la Symphonie est dedans ?

— Oui… Tu peux brancher la clé sur n'importe quel appareil…

Étourdissement. Réel éventré. Tout valdingue en moi.

— … sur un smartphone, un ordinateur… Le son est un peu lointain, mais c'est écoutable.

— C'est vraiment là-dedans ?

— Tu veux essayer ?

L'apprentie psychologue que je suis reprend momentanément les rênes. Évitons le choc traumatique au-dessus de l'eau pétillante.

— Et pourquoi tu ne m'as rien dit ?

L'enrhumé plisse les joues et se rapproche de moi, l'air grave.

— Marlee, j'ai préféré d'abord fixer l'œuvre pour la sauver de l'oubli. L'enjeu était si grand ! Crois-moi, j'ai eu longtemps envie de te le dire, j'ai cherché à te revoir et puis j'ai appris que tu avais eu de graves problèmes de santé. Je n'ai pas insisté. Je le regrette. Je suis parti en Allemagne... Après, eh bien après, j'ai fait n'importe quoi avec, comme tu l'as appris dans l'article...

Il me dévisage de ses yeux tout liquides.

— Je suis un raté...

— Ça ne sert à rien de te faire dessus, maintenant. Et tout ça n'est qu'une histoire psychique, tu sais, un dérèglement sensoriel. Il n'y a rien là-dedans.

— Tu devrais écouter quand même.

Je fais non de la tête en vidant mon verre d'un seul coup. La lucidité des bulles me remet d'aplomb. Je me lève, le laisse payer, quitte précipitamment le café. Mon train part dans quelques minutes. Seulement c'était sans compter les distances qui sont plus grandes dans la capitale. Je bouscule des passants, je monte quatre à quatre une volée de marches contre la plainte désespérée de ma hanche, entre dans le hall, le panneau d'affichage m'indique une voie lointaine, à l'autre bout de la gare, je cours encore, ma hanche hurle, m'oblige à ralentir, vingt heures sept ; les lanternes rouges du dernier wagon s'éloignent doucement dans le crépuscule printanier.

Le prochain train partait le lendemain, à cinq heures vingt-quatre.

De cette nuit, je me souviens de mon errance dans la gare et de l'agrafe en plastique que je serrais très fort dans ma main. Plusieurs fois j'ai eu envie de la brancher à mon smartphone, mais je repoussais chaque fois cette éventualité au nom de ma petite science. Hallucination schizoïde de nature auditive.

Pour quelques euros, j'ai pu m'installer dans une salle de repos sécurisée et équipée de chaises longues et de banquettes confortables. Après avoir dîné d'un sandwich fourré à la mayonnaise, j'ai attendu.

— Eh, oh ! Marlee ?

— Ah, la voilà, ma *psychose hallucinatoire chronique…*

— Non, moi, c'est Ludwig van Beethoven.

— Si vous voulez… Vous m'entendez bien ?

— À merveille, grâce aux petites machines que tu m'as données

— Dites-moi, votre plan, je crois qu'il a foiré car votre Symphonie, elle serait dans ce morceau de plastique.

— Curieux… J'en doute…

— Reprenez-le, ce bout de plastique. Comme ça, je n'aurai plus de problème. Je veux devenir un genre de scientifique de l'esprit. Les hallucinations, ce n'est plus pour moi…

— Ah oui ? … Garde cette chose. Maintenant, cela importe peu. Pour la grande majorité d'entre vous, ma *Neuvième Symphonie* n'a jamais existé. Et elle ne manque à personne. Tu as bien su la garder.

— Puisque vous êtes, si l'on veut, « là », j'aimerais savoir… Pourquoi moi ? Votre Rodolphe Kreutzer n'a jamais fait partie de ma famille. Un « K » n'est pas un « C ». Dans l'au-delà, vous êtes dyslexiques ?

— Disons que ton nom ressemblait à… Non, je ne t'ai pas tout dit. Il y a une règle : seuls les grands blessés peuvent recevoir les œuvres que nous voulons rapatrier… C'est une exigence qui vient d'En Haut… Je suis heureux d'avoir pu mettre ma Joie sur ta blessure. C'est un onguent universel.

— J'ai froid.

— Mets ça sur tes épaules.

— Merci… Elle est vraiment perdue pour nous, votre belle Symphonie ?

— Non, pas complètement. Elle a laissé des traces en toi, dans ton corps et sur ceux que tu aimes, comme ce musicien.

— C'est un traître !

— Ta, ta, ta… Ne gâche pas tes jours de vivante avec de l'amertume. Ce concertiste talentueux a su apprécier à sa juste valeur la qualité monumentale de mon œuvre.

— La modestie ne vous écrase pas.

— Il n'y a pas d'orgueil quand on a mis toute une vie au service d'une œuvre. Sache que d'autres, comme toi, ont porté des œuvres, des œuvres immenses de l'esprit. Si vous vous rencontriez, vous vous reconnaîtriez immédiatement.

Le train à destination... partira de la voie...

Une puissante odeur de bougie, de bois brûlé et de bière me réveille. Elle s'échappe d'une épaisse couverture qui remonte sur mes épaules. Je la rabats, m'étire, me lève. La couverture est en fait une redingote râpée au niveau des coudes. Je regarde autour de moi. Je la montre. Personne ne réagit. Je la passe, les manches sont trop courtes. Je mets les mains dans les poches. Au fond de l'une d'elles, l'agrafe du portemine.

De retour dans ma chambre, j'ai suspendu la redingote à un cintre. Elle ne me quitte plus depuis. Je l'ai trimballée de studio en appartement au gré de mes vicissitudes. Désormais, elle se tient dans le salon, à côté de la grande fenêtre qui donne sur la Grange. Quand on m'interroge sur son origine, je ne dis plus que je l'ai trouvée dans une brocante. Mais je n'en suis pas encore là.

Je laisse passer quelques mois au cours desquels j'ai étudié. Il fallait que je trouve un sujet pour une thèse. C'est à ce moment-là que j'ai découvert Bâo. Plutôt le visage rond, clair comme une lune d'été de Bâo. Elle vit au Gabon. Elle appartient à une tribu de pygmées – mais c'est un mot qu'on n'emploie plus à cause de son caractère péjoratif. Bâo a prêté sa sensibilité, ses oreilles, sa culture à une expérience : un groupe d'ethnomusicologues et de psychologues, parmi lequel se trouvait mon ex-directeur de recherche, lui a fait écouter, dans son village, la sonate de Kreutzer. Au début, ce qui l'a inquiétée, Bâo, c'étaient les bouts de plastique du casque du smartphone à mettre dans les oreilles. Elle ignorait tout de ces prothèses, portable, oreillettes, podomètre, cardiofréquencemètre, vapoteuse… qui équipent l'individu contemporain et le suspendent à la moindre prise électrique. Passée cette inquiétude, on lui a envoyé la sonate. Bâo a plissé les yeux, ses bras se sont repliés sur sa poitrine comme si elle avait subitement froid. Elle s'est accroupie et a commencé à marcher comme un canard. « On a cru qu'elle souffrait », me dit mon ex-directeur lorsqu'il m'a montré la vidéo.

« Nous étions prêts à tout arrêter, mais ce qui nous a retenus, c'est ce merveilleux sourire qui restait sur son visage ». À mesure que s'écoulait la sonate, la merveilleuse sonate, le corps de Bâo s'agrandissait. Bras onduleux, mains souples, déhanchements du bassin et ouverture du visage sur lequel se succédaient les émotions les plus opposées, pliures catastrophées, yeux mangeant d'un seul coup toute la face, et puis sérénité pleine de la bouche. Bâo se faisait musique, malgré la distance culturelle. Cela tenait du miracle pour mon directeur, cela signifiait qu'il existait comme des « universaux anthropologiques » que seule la musique serait capable de mettre en évidence. Il m'a conseillé de travailler là-dessus, ajoutant, d'un clin d'œil, que cela s'était passé avec une sonate qui devait m'intéresser... Vous n'avez pas de Kreutzer, dans votre famille ?

Je n'ai pas fait cette thèse, finalement.

Un matin d'octobre de la même année, je suis passée devant un gymnase où était organisée une collecte de sang. Me souvenant de la recommandation d'Anna, je suis entrée.

On m'accueille. On me fait compléter un petit questionnaire de santé, puis l'on m'installe sur un fauteuil pourvu de longs accoudoirs rembourrés. Dans la salle, une vingtaine de personnes donnent. L'ambiance est chaleureuse, parfois l'on s'interpelle. Tout est bien sauf cette enfilade de poches rouges suspendues qui m'impressionne. Arrive un infirmier jovial, tout rond, qui me gratifie d'un sourire et ne manque pas de relever mon teint banane.

— C'est une première ?

Je n'ai pas besoin de répondre quoi que ce soit pour me faire comprendre.

— Merci de venir nous voir. Nous avons besoin de dons. Nous allons commencer par une simple prise de sang. Comme ça, vous verrez si c'est OK pour vous, si vous supportez le prélèvement. Et puis ça nous permettra d'évaluer la qualité de votre sang. Tout va bien se passer. À côté de vous, vous avez la chance d'avoir notre championne toutes catégories du don, madame Süssmayer. Ce qui coule dans ses artères, c'est de l'or ! Elle vous soutiendra si vous avez un problème.

Je me tourne vers la droite et tombe sur une vieille dame pimpante. De ses bras partent deux tuyaux qui alimentent quatre poches. Détendue, elle se soulève légèrement du fauteuil et m'envoie un joli sourire. Elle a un visage pommelé, lisse. Ses yeux, pupilles émeraude très intenses, étincellent de malice. Deux nénuphars rose et orange réjouissent ses lobes d'oreilles. Ses lèvres sont rubis.

— Vous êtes prête, madame ?

Garrot. Poing serré. Froide, obstinée perforation de l'aiguille et cliquetis d'un tube. Ne pas regarder.

— Voilà, c'est fini. Nous aurons le résultat dans une demi-heure. Restez tranquillement assise.

Alors qu'une nausée étouffante commence à m'envahir, s'avance sur ma droite un chariot présentant des paquets de biscuits et de pâtisseries industrielles. Au même moment, je vois la vieille dame en train de rasseoir.

— Servez-vous ! Les premières fois, il faut bien se nourrir... Après, on prend l'habitude.

Un léger accent germanique écarte ses mots.

J'entame une madeleine que je ne finis pas.

L'infirmier revient. Il débarrasse madame Süssmayer de tout l'attirail de prélèvement, puis pose au creux de ses bras à peine marqués deux petits pansements. Il place les quatre précieuses poches dans une glacière qu'il emporte sans attendre. Elle se lève d'un seul coup, toute fraîche. Une « championne », c'est sûr. Elle passe une veste d'homme écossaise et installe sur ses épaules les bretelles d'un sac à dos tout en sifflotant un air joli, très simple, presque une chanson.

— Moi, c'est Élisa.

— Marlee. Merci pour les gâteaux.

— Peut-être à bientôt. Passez une belle journée.

Élisa traverse la salle d'un pas rapide en saluant quelques donneurs, puis s'attarde près de l'entrée pour discuter avec le personnel. Je commence à trouver le temps long. La demi-heure d'attente est passée et j'ai un séminaire à la fac dans deux heures.

Enfin, je vois arriver l'infirmier, l'air perplexe, suivi d'une femme un peu plus âgée, en blouse blanche. C'est elle qui prend la parole. Elle paraît émue.

— Bonjour, madame. Je suis le docteur Anne Veller. Nous souhaiterions effectuer un deuxième prélèvement. Rassurez-vous, tout va très bien ! Nous croyons que vous êtes porteuse d'un sang universel et nous avons besoin d'une confirmation.

Et c'était bien le cas. Sur le moment, je n'ai pas su ce que cela signifiait. On m'a juste expliqué que je pouvais donner mon sang à n'importe qui. Ce qui était bien pratique.

En sortant du gymnase, je vois alors Élisa Süssmayer s'approcher vivement de moi.

— Je l'ai senti en te voyant tout à l'heure ! Marlee, je suis désolée, je n'ai guère le temps. C'est qu'en ce moment, ça arrive de tous les côtés ! Prends mon numéro, donne-moi le tien. On s'appelle ce soir. Je t'expliquerai.

Ses mains fines aux doigts bagués de grosses pierres ont enserré mon visage, qu'elle a embrassé. Son baiser a laissé sur ma joue une puissante empreinte de rose.

Élisa a contemplé quelques instants la redingote que je venais d'étaler sur la plage arrière de la vieille Picasso pleine de bagages et de paquets, comme lorsqu'on part en vacances – et ce serait un genre de vacances, beaucoup plus longues que d'habitude. Elle en a tâté le tissu rêche avec respect.

— C'est un don extraordinaire ! C'est rare qu'une entité laisse un témoignage si concret. Souvent ce qu'elles nous confient suffit.

— Oui, mais pour moi, il en fallait plus ! Je suis une rationaliste radicale !

— Une dure à cuire, alors... Allez, en route !

Élisa a claqué le hayon de la voiture. Et c'était parti pour quatre heures de route.

— Tu veux pas que je conduise ?

— Ça viendra, Marlee... Il faut que tu t'imprègnes de l'itinéraire.

Nous avons pris la direction du sud en empruntant une autoroute quasi déserte qui coupait à travers champs, collines, petites montagnes, villages pétrifiés. Puis le paysage s'est agrandi, s'est creusé, s'est morcelé. Nous avons roulé au-dessus de mâchoires calcaires qui plongeaient dans des vallées profondes. Les causses, m'a appris Élisa, qui connaissait parfaitement la géographie, autant que le chant.

Pour le chant, cela s'est vite manifesté. Quelque chose de puissant, à faire péter le pare-brise. Cette chose s'est expulsée de la minuscule vieille dame quand un quatre-quatre électrique énervé a taquiné notre pare-chocs, phares insultants, parce que nous avions l'outrecuidance d'occuper la voie de gauche pour doubler un camion sur la droite. Une fois rabattue, Élisa a baissé les fenêtres. Ce qui est alors sorti d'elle, ce n'était pas vraiment un chant mais un cri de colère, terriblement puissant, incroyablement lumineux. Tellement puissant, tellement lumineux que le type, parvenu à notre hauteur, a brusquement freiné de peur. Et Élisa de partir d'un rire diabolique...

— C'était quoi, ça ?

— Toi, tu as la Joie, moi j'ai la fureur, la fureur de la *Reine de la Nuit... Der Hölle Rache kocht in meinem Herzen.*

En elle, c'était donc une sorte d'histoire chantée qu'avait déposée Mozart, il y a très longtemps. Et elle a su, elle, contrairement à moi, la conserver intacte. Cette histoire, c'était celle d'un dompteur d'oiseaux qui reçoit d'une sorte de dieu sage un pipeau enchanté censé redonner au monde son équilibre, sa sérénité.

— Tout ce qui nous manque aujourd'hui, c'est pourquoi Wolfgang l'a mise en moi, cette histoire. Une si belle histoire qui ne doit pas se perdre…

Sa voix, redevenue très calme, a filé dans un petit souffle mélancolique.

Sa fatigue s'est faite plus nette lorsque nous sommes sorties de l'autoroute. Après le péage, elle m'a passé le volant. La nuit tombait doucement autour de nous, une nuit douce de printemps qui sentait le thym.

— Bien que Reine, je n'aime plus conduire la nuit. Mozart m'a donné son opéra, mais pas une nouvelle paire de lunettes !

Nous sommes entrés dans l'Aveyron, une terre rouge et blanche. Il a fallu assez vite attaquer des routes tortueuses, imprévues, qui me rendaient nerveuse. Après bien des épingles à cheveux, nous sommes arrivés dans un hameau, quelques maisons aux fenêtres allumées et une grange.

— Voilà notre domaine ! a dit Élisa. Un héritage familial que je lègue aux gens comme nous.

J'ai arrêté la voiture. Élisa en est sortie. Elle a émis un petit roucoulement de joie, mozartien sans doute. Une ombre l'a accueillie, qui a passé ensuite une tête dans l'habitacle et m'a tendu une main ferme équipée d'une mitaine en cuir.

— Salut, moi, c'est Adib ! Et toi, tu es Marlee.

Il était vif, plutôt charmant, des bouclettes noires dansaient sur son front blanc. Ce n'est qu'après que j'ai vu dans l'entrebâillement de la portière la roue d'un fauteuil, qui a aussitôt disparu de mon champ de vision.

— Je vais t'aider à débarrasser la voiture, Élisa.

— Adib, fais très attention au manteau sur la plage arrière ! Il appartient à Beethoven.

Un peu plus tard, escortées par Adib qui pilotait son fauteuil avec une dextérité époustouflante, nous sommes allées dans l'une des maisons du hameau où nous a accueillies Lucie, la cinquantaine un peu affolée, qui préparait des petites quiches colorées et appétissantes. Elle m'a embrassée comme si nous nous connaissions depuis toujours.

Je garde un souvenir flou de cette première soirée. La fatigue sans doute. Et la sensation d'être tombée dans une société étrange. C'est toujours difficile pour moi d'entrer dans un collectif. Je suis immédiatement réticente. C'est un réflexe de défense que je mets sur le compte de mes origines populaires. Quand on est née pauvre, on a toujours l'impression que le monde environnant contient des tonnes de volontés arnaqueuses et que la confiance qu'on peut accorder à un groupe risque toujours de se retourner contre soi.

Vers minuit, j'ai dit que je voulais me coucher. Adib s'est aussitôt porté volontaire pour m'accompagner jusque dans ma chambre, qui se trouvait dans une autre maison du hameau. J'ai salué tout le monde. Rendez-vous était pris au matin pour me montrer la Grange.

Dehors, c'était une nuit épaisse, sans étoiles. Adib ouvrait la voie, les mains sur les arceaux de ses roues montées sur des pneus de VTT, et sur son front le faisceau d'une lampe qui balayait un petit sentier, lequel a accusé une pente plutôt sèche que mon guide a négociée en une succession de petits dérapages tranquilles.

Au bas de la pente, pour retenir un compliment qui aurait paru déplacé tant cela paraissait pour lui naturel, j'ai balancé une phrase inutile sur la nuit à la campagne que je trouvais d'une qualité *premium* mais un peu inquiétante.

Une voix profonde alors s'est élevée du petit véhicule :

— L'obscurité est vertigineuse. Il faut à l'homme de la clarté. Quiconque s'enfonce dans le contraire du jour se sent le cœur serré. Quand l'œil voit noir, l'esprit voit trouble. Dans l'éclipse, dans la nuit, dans l'opacité fuligineuse, il y a

de l'anxiété, même pour les plus forts. Nul ne marche seul la nuit dans la forêt sans tremblement. Ombres et arbres, deux épaisseurs redoutables. Une réalité chimérique...

— Qu'est-ce que tu racontes ?

— Pardon... C'est toujours difficile de retenir. Enfin, tu le sais bien... Victor Hugo, *Les Misérables*. Livre II, chapitre 3 « Accomplissement de la promesse faite à la morte ». J'ai beau avoir déposé tout le bouquin dans la Grange, de longs morceaux de phrases me restent. D'ailleurs, Beethoven et Hugo, ça va plutôt bien ensemble, tu trouves pas ?

Je n'ai rien dit : je ne connaissais à l'époque ni Hugo ni ses *Misérables*. Mais j'avais trouvé charmante la petite galanterie de ce garçon.

Extérieurement, la Grange ressemblait à un bout de cathédrale jetée au milieu d'un champ. C'était un genre de nef élancée soutenue dans son effort par des arcs-boutants robustes et moussus. Illusion de solidité : des fissures profondes grimaçaient un peu partout sur les murs, la toiture en lauzes s'affaissait par endroits.

— Voilà notre « Conservatoire » des belles choses oubliées, a déclaré, poétique, Élisa tandis qu'Adib, se soulevant légèrement de son fauteuil, s'acharnait sur la porte pour qu'elle s'ouvre – gonds coincés –, ce qu'elle a fini par accepter au prix d'un grognement irrité.

C'était vers dix heures. Des nuages s'agitaient nerveusement au-dessus du hameau. L'air sentait la pluie. En contrebas, là où se trouvait la Picasso, une autre voiture venait d'arriver : une voiture de sport, ailerons agressifs, allure rasoir jetable. Un garçon d'une douzaine d'années, tout pâle, accompagné peut-être de sa mère, une jeune femme en survêtement satiné et escarpins tremblotants sur la terre meuble, attendait comme nous.

Premiers impacts des gouttes sur la terre. Nous sommes entrés : des étagères en bois ou en fer, équipées de tiroirs, meublaient la pièce, qui sentait le renfermé humide. Sur certaines étagères, ce n'étaient pas des prix qui étaient affichés, mais des plaques de bois pyrogravées, suspendues aux montants par de vieux fils électriques qui indiquaient « romans », « musiques », « rock », « géographie »... Cela tenait de la brocante de dimanche matin.

— Ces tiroirs contiennent ce que les morts nous ont légué, a continué Élisa sur le même ton aérien. Ici, rien ne sera perdu. Ce sera un écrin pour les gens comme nous.

Elle a fixé le garçon. De gros verres de lunettes noyaient ses yeux. Tout pétri de gêne, il n'osait parler. Quel malheur avait fracassé ce pauvre adolescent ?

— Dorian, ta mère m'a dit que tu avais en toi une chanson puissante. Mais qui te faisait mal aux oreilles.

Dorian a hoché timidement la tête pendant qu'Adib installait sur une table de jardin en plastique une grosse enceinte reliée à un micro.

— Tu veux bien la partager avec nous ? Nous allons l'enregistrer.

Sa mère, coach hyper fière, l'a fait avancer au milieu de la pièce en l'encourageant. J'ai douté qu'on l'entendrait à cause de la pluie qui s'énervait sur la toiture. De l'eau s'infiltrait déjà sous la porte. Le visage du garçon s'est d'un seul coup émacié, ses poings se sont crispés. Et il s'est mis à chanter d'une voix métallique, râpeuse, assourdie :

I can't get no satisfaction
I can't get no satisfaction
'cause I try and I try and I try and I try

avant de hurler :

I CAN'T GET NO SATISFACTION !

Le voilà sautant partout comme un salsifis excité, rebondissant contre les étagères, les murs de pierre. Pauvre petit ! Un cas de *transe psychotique*. J'étais catastrophée, alors que les autres paraissaient pour le moins fascinés par le spectacle, voire enthousiastes, comme la mère qui frappait dans les mains. « Notre Conservatoire ? », un piteux cirque pour meurtris illuminés.

Sentant ma gêne et ma désapprobation, Élisa s'est approchée du garçon sautillant, a posé une main sur sa tête, ce qui a immédiatement fait cesser cette exhibition pénible. Exténué, Dorian a titubé. Lucie s'est précipitée pour le retenir par les aisselles avant qu'il ne s'écrase dans la flaque d'eau boueuse qui se propageait. On l'a installé dans un vieux fauteuil en cuir avachi.

— Tu vas bien ? lui ai-je demandé-je aussitôt en m'accroupissant devant lui.

J'ai cherché ses yeux à travers ses lunettes ; il m'a semblé y voir quelques larmes.

Un malaise a fini par gagner l'assistance. Il était temps. Cela n'allait pas. Mais pas du tout ! J'ai suggéré qu'on l'emmène dans un lieu plus sain pour qu'il se repose. La mère a hésité, mais ses escarpins commençaient à s'enfoncer dans la boue. Nous sommes finalement tous sortis.

Non, ça n'allait pas du tout ! J'ai eu envie de me tirer de là.

Après avoir installé Dorian chez Lucie, où un pull épais et une tranche de gâteau au chocolat ont remis le garçon d'aplomb tandis que la mère, agitée, énervait son pouce sur un gros smartphone, le groupe s'est réuni dans le salon d'Élisa, la maison la plus confortable, la mieux isolée du hameau : le QG de la communauté - une piscine verdâtre en forme de haricot enterré témoignait d'une ancienne aisance financière.

J'ai gardé le silence tant que les regards que l'on m'octroyait restaient fuyants. Puis ils se sont appesantis sur ma petite personne.

J'ai commencé, souple, nuancée.

— C'est un joli endroit, ici, et l'idée d'y rassembler les dons, c'est chouette... Mais pas dans ces conditions... Il faut du soin, un accompagnement.

— Tu sous-entends qu'on est des sauvages ? a riposté Adib en fixant ses mitaines.

— Je dis simplement que le garçon qu'on vient de voir a besoin avant tout d'un accompagnement psychologique. Que ça ne se fait pas de l'exhiber ainsi.

— Marlee est diplômée en psychologie, a cru bon de préciser Élisa d'un ton presque acide.

Est entré à ce moment-là dans le salon un individu que je n'avais pas encore vu. Un homme d'une soixantaine d'années, avec une pipe blanche plantée au milieu d'un visage allongé et sévère. Un tremblement affectait ses mains. Tout le monde l'appelait Fred. Élisa m'a présentée à lui. « Notre master en psychologie. » Me voilà agacée.

— Ah, une intellectuelle, ici ! s'est étonné le Fred dans un rictus méprisant.

Tout ce petit monde formait désormais un visage hostile. Je me suis dirigée vers la sortie.

— Élisa m'a dit que tu portais du Beethoven en toi, nous voulons l'écouter avant que tu nous quittes.

Je n'ai pas aimé, mais pas du tout, le ton autoritaire de Fred.

— Beethoven a mis en moi un hymne destiné à tous et non à une petite élite…

— C'est qu'elle nous complimente, la psychologue !

— Fred ! l'a repris sèchement Élisa, que je voyais maintenant ennuyée.

Quant à moi, bien chauffée, j'ai continué.

— Ouais, une petite élite. Le Beethoven que j'ai vu, mon Beethoven, c'était quelqu'un de malheureux. Il voulait reprendre son œuvre. Ce qu'il voulait surtout, c'était lui donner une nouvelle chance. Nous sommes cette nouvelle chance. Nous n'avons pas le droit de garde sur ces trésors !

— C'est touchant.

— Fred !

— Et toi, l'intéressant, qu'est-ce tu as en toi ?

— Moi, j'ai l'intérieur tapissé d'une toile d'un artiste qui s'est balancé dans le vide à l'âge de quarante et un ans. Et je la garde ! m'a-t-il répondu d'une voix éraillée par une émotion bizarre.

— Moi, *Les Misérables,* je les garde aussi ! a repris alors Adib qui s'est rapproché de moi puis, après un freinage brusque, m'a montré ses jambes.

— Victor, il m'a dit que je faisais partie de ses personnages car comme eux, j'ai connu le mépris, la misère. Comme eux, j'ai été la victime du mensonge des autres. Tu vois ces jambes, ces jambes qui ne marcheront plus jamais, des jambes molles comme du caoutchouc pourri, eh bien pendant des mois, mes parents m'ont fait croire le contraire. Tu marcheras, Adib, tu marcheras ! Les médecins l'ont dit. Pour appuyer leur mensonge, mes parents, je dis bien mes parents, me tendaient des trucs d'examens qu'il avait falsifiés. Tu vois, Marlee. Ils sont allés jusque-là, les monstres ! Maintenant que j'ai Cosette, Valjean, Marius et tous les autres en moi, je ne donnerai plus rien. Le monde ne mérite pas tout ça. Alors, si t'es pas contente, tire-toi avec ta musique de Beethoven, tire-toi ! Laisse-nous dans notre Grange en ruines à jouer les Seigneurs d'un autre monde au milieu des brebis et du roquefort !

J'ai regardé tout le monde. J'y ai vu nos blessures. Nos blessures qui nous reliaient. Sur une étagère, une vieille chaîne avec un port USB. Glisser l'agrafe-mémoire, en priant pour qu'Ivan ne se soit pas trompé. Quatrième mouvement. Il fallait ça.

Freude, schöner Götterfunken…

CODA

— Qu'est-ce que tu sais faire ?

— Installer des interrupteurs, déboucher des éviers, utiliser une perceuse, monter des cloisons, changer une roue de voiture, vidanger, enterrer une fosse septique, passer une tondeuse, faire des joints de douche, cuisiner un risotto *al salmone*, lire des histoires aux enfants, planter des tomates, des haricots verts, des courgettes, bêcher, ratisser, forer, poser de la laine de verre, de la laine de chanvre, ramasser les feuilles de l'automne, pêcher, vendre, pédaler et je sais aussi jouer le *Concerto pour hautbois en do majeur K. 314* de Mozart, une merveille absolue, ce *Concerto*, je sais encore couper du bois pour que tu aies chaud en décembre, je saurai me faire mal aux mains pour que tu sois heureuse.

— OK, très bien. Je t'engage. Tu prends le train. Tu t'arrêtes à Saint-Affrique. C'est dans l'Aveyron. Un copain, Adib, viendra te chercher à la gare. Un type très bien. Il est rapide. Il faudra que tu coures derrière son fauteuil.

Vous prendrez un taxi et pendant le trajet, il te racontera l'histoire de Jean Valjean et de Cosette.

Ainsi, Ivan a été mon premier recruté.

Zip, clac, zip, clac, zip, clac : c'est désormais sa musique à lui, celui du mètre ruban métallique dont il ne se sépare jamais.

Il est le maître d'œuvre du site.

Il accompagne mes nuits.

Ce soir, Nolan, un jeune artisan de Belmont, la petite ville près du hameau, aura fini la réparation de la toiture. Les dons seront enfin au sec dans la « Grange ».

Tout est prêt pour le lancement de la saison estivale.

Ivan est train d'enlever les banderoles des financeurs, dont celle de la marque Phonik – la prothèse auditive quasi invisible. Je glisserai dans ma petite allocution les remerciements d'usage.

Une utopie, ça se finance.

Zip, clac, zip, clac, zip, clac.

J'aurais tant aimé qu'Élisa la voie, la Grange ! Cela fait six mois qu'elle nous a quittés. Elle est la Reine de Nuit pour toujours.

Delphine sera là, avec son nouveau compagnon. Et puis Caroline, le docteur Vieil, Anna, qui s'est installée dans une maison médicale à Belmont. Nous travaillons ensemble. Elle envoie régulièrement ici des enfants aux passés malades.

Et surtout il y aura une bonne partie du village avec ses enfants, ses vieux, ses grands. Nous tous.

On ouvrira tous les tiroirs de la Grange.

Zip, clac, zip, clac, zip, clac.

Et je redonnerai la *Neuvième*. Elle sera magnifique sous les étoiles. Élisa l'entendra de là où elle est.

Il y aura aussi Bâo, j'en suis sûre, du Gabon, elle viendra à nous par les notes de Lud'.

Zip, clac, zip, clac, zip, clac.

Une utopie, ça se construit avec les mains.

Zip, clac, zip, clac, zip, clac.

Notule sur un monstre symphonique

Dans *Du côté de chez Swann* de Proust, Madame Verdurin, qui tient un petit salon mondain et se pique de musique, s'effraye « du mal que la musique de Beethoven [va] faire à ses nerfs », tout en considérant la *Neuvième* comme « le plus grand chef-d'œuvre de l'univers[2]. » La crainte de la bourgeoise ridicule est éclairante : elle souligne le caractère percussif de l'œuvre. Willy, le mari de l'écrivaine Colette, l'appelle d'ailleurs la « Cardiaque[3] » : elle touche au cœur.

La puissance de la *Symphonie* est telle qu'elle transcende les catégories traditionnelles de la musique. Écouter la *Neuvième* n'est pas seulement écouter de la « grande » musique, de la musique « classique », c'est vivre une expérience physique et métaphysique quasi irrésistible. C'est être soulevé par le souffle d'une idée, celle d'une « Joie » universelle, telle qu'elle se chante à travers les vers de Schiller, telle qu'elle s'écoule dans la musique de Beethoven.

La *Neuvième* est donc un monstre puissant, magnifique, un organisme gigantesque, hors du commun, qui hallucine les sens.

---

2. *À la recherche du temps perdu, II Du côté de chez Swann*, éd. Gallimard, 1954, p. 93
3. Propos rapporté dans *Le Dictionnaire superflu de la musique classique* de Pierre Brévignon et Olivier Philipponnat, éd. Le Castor Astral, 2008.

Cette puissance incontestable explique non seulement la fortune de l'œuvre jusqu'à nos jours, mais aussi sa plasticité, qui a permis et permet encore tant de récupérations, souvent ridicules, parfois funestes.

Le Monstre symphonique est là : servez-vous, artistes, cinéastes, politiciens, technocrates, designers de son pour cage d'ascenseur ou répondeur téléphonique, idéologues nationalistes, racistes et violents ! Nul ne peut résister à ces cinq mouvements et à son *Finale* qu'on sifflote si facilement.

Ainsi déjà, lors de la première représentation, le 7 mai 1824, au théâtre du Kärntnertor, le public viennois n'a pas pu rester assis pendant tout le temps du concert. Au deuxième mouvement, débordant d'enthousiasme, il se lève et applaudit à tout rompre le compositeur qui, le dos tourné au public, enfermé dans sa surdité, ne peut profiter de l'ampleur du succès. C'est l'une de ses solistes, Karoline Ungher, qui lui prend affectueusement le bras pour qu'il se retourne vers le public enthousiaste.

Aussitôt après la mort du maître en 1827, les premiers, légitimement, à s'emparer de l'œuvre sont les Romantiques au premier rang desquels Franz Liszt, disciple zélé, qui connut Beethoven alors qu'il n'avait que onze ans. Le pianiste virtuose, qui transcrira pour piano les neuf Symphonies, contribue à faire élever en août 1845, à Bonn, la ville natale du compositeur, un monument en son honneur. L'inauguration signe le début de la mythification du compositeur et de sa *Neuvième*. Présent aux cérémonies, Berlioz déclare que la voix de Beethoven est celle de « la gloire des nations civilisées ».

Bientôt, ces « nations civilisées » vont se limiter à une seule, l'Allemagne. La restriction nationaliste est due, et l'on ne s'en étonne pas, à Wagner. Le créateur du *Ring* dirige lui-même la *Neuvième* à la fondation du festival de Bayreuth en mars 1872, dans une Allemagne devenue depuis une année empire, sous l'impulsion du chancelier Otto von Bismarck. La « Joie » universaliste et pacifiste devient le chant du IIe Reich, un chant unificateur, énergique et belliciste. Le Ministre-Président aux larges bacchantes, coiffé de son casque à pointe, disait que cette musique lui donnait du courage.

Progressivement, Beethoven, comme plus tard Nietzsche[4], se voit déposséder, post-mortem, des intentions premières de son œuvre. Cette déposses-

---

4. En 1889, le philosophe s'écroule à Turin. Hébété, reclus dans la folie, l'auteur du *Zarathoustra* ne produira plus rien jusqu'à sa mort. C'est sa sœur, désormais, Elisabeth Förster-Nietzsche, qui s'occupe de lui. Nationaliste et raciste, cette dernière a essayé avec son mari de fonder au Paraguay une colonie aryenne, qui s'est soldée par un cuisant échec et le suicide de son mari. À partir de 1890, elle prend donc en charge l'œuvre de son frère : c'est le début d'une immense falsification qui aboutit à la publication en 1901, soit une année après le décès de son frère, d'un recueil de pensées, *La Volonté de puissance*. Ce florilège « nazifie », avant l'heure, la pensée de l'auteur du *Gai Savoir*. En 1930, Elisabeth Förster-Nietzsche adhère au parti nazi ; en 1933, elle offre au nouveau chancelier, Adolf Hitler, un alpenstock ayant appartenu à son frère. En 1938, Hitler assiste à ses funérailles.

sion atteint l'un de ses acmés les plus dramatiques avec le nazisme.

En 1937, le « mélomane » Joseph Goebbels fait jouer pour l'anniversaire de son Führer la *Neuvième* par l'Orchestre philharmonique de Berlin, dirigé par Wilhelm Furtwängler. Sans doute chatouillées par l'invite fraternelle de l'*Ode à la joie* — « *Tous les hommes deviennent des frères* » —, toutes ces oreilles aryennes ont dû, d'elles-mêmes, opérer une sélection : « Tous ? Sauf les Juifs, les Tziganes, les communistes, les homosexuels, les handicapés... » Début 1943, dans le camp de concentration de Theresienstadt (aujourd'hui Terezín en Tchéquie), une chorale d'enfants juifs prépare néanmoins un concert au cours duquel elle doit chanter l'*Ode à la joie*. Concert qui n'aura jamais lieu car tous ces petits chanteurs de la fraternité universelle seront assassinés en mars 1944.

Lud', dans sa tombe, hurle de douleur.

Cette profanation de l'œuvre trouve encore de funestes avatars dans la deuxième moitié du XXe siècle, comme en Rhodésie, l'actuel Zimbabwe : en 1974, cette enclave britannique, ouvertement raciste, imposant un apartheid totalement décomplexé, adopte comme hymne national l'*Ode à la joie*. Ce chant, qui percute les sens et les cerveaux, légitime et esthétise la violence des États et des idéologies totalitaires ; il est la violence même, son combustible. Le monstre est-il devenu monstrueux ?

C'est la question que pose Stanley Kubrick, en 1971, avec le film *Orange Mécanique*, tiré d'un roman d'Anthony Burgess. Dans une société dystopique, Alex, petit délinquant intelligent et amoral, après avoir commis larcins, viols et meurtres, écoute dans sa chambre la *Neuvième*. Cette écoute le fait jouir et lui inspire des « visions superbes » : pendaison, viol, explosion, feu. L'icône de la fraternité et de la paix devient celle du Mal absolu, retournement démoniaque rendu sensible par la réorchestration électronique de l'œuvre par Walter Carlos. La *Neuvième* est une mécanique qui mène au pire. Quelque temps plus tard, Alex est volontaire pour subir un traitement, *Ludovico*, visant à éradiquer en lui ses pulsions violentes et à lui imposer un sens moral. Pour ce faire, on expose le jeune homme à des images ultra-violentes – les fameux écarteurs sur les yeux bleus de Malcolm McDowell. C'est au moment où les scientifiques responsables du traitement mettent sur des images du IIIe Reich (grand-messes nazies, avions stuka en train de bombarder) le quatrième mouvement de la *Neuvième* que le jeune homme hurle qu'il s'agit d'un « crime », « un crime d'utiliser Ludwig van de cette façon. Il n'a fait de mal à personne. » La découverte, sous contrainte, d'une dichotomie profonde entre les intentions de l'œuvre et ses utilisations profanatrices permet au jeune homme d'accéder à une forme d'humanité – rédemption morale qui comporte néanmoins une grande part d'ambiguïté comme le révèle la fin du film.

Ainsi, cette œuvre demeure-t-elle suffisamment puissante pour résister aux récupérations barbares, celles des discours de haine, des fours crématoires, des crimes colonialistes. Même cabossée, déformée, malaxée, elle reste debout, toujours belle. Mais à quel prix ?

Ce prix semble celui d'un consensus solennel, démocratique, certains diront technocratique. La *Neuvième* devient peu à peu un liant politique.

En 1949, à l'occasion des Jeux olympiques, elle sert d'hymne de circonstance qui réunit l'Allemagne de l'Ouest et l'Allemagne de l'Est, préfigurant, trente ans plus tard, la réunification du pays dont l'un des événements symboliques est un concert donné à Berlin où l'œuvre est jouée sous la baguette de Léonard Bernstein.

Entre-temps, en 1986, la voilà devenue hymne de la Communauté européenne. On l'utilise pour napper les tensions entre des États qui n'ont pas tous la même vision de l'Europe. Pour rendre le nappage aussi large, aussi englobant que possible, on ne retient que son *Finale*, on ôte les paroles de Schiller, on ralentit son tempo, on uniformise la sonorité au détriment de la richesse de l'instrumentation. On doit ces modifications à Herbert von Karajan : le chef autrichien, au passé nazi avéré – cocasse ironie tragique – n'hésite d'ailleurs pas à revendiquer la paternité de cette « nouvelle » œuvre et exige des royalties à chacune de ses représentations.

Ainsi, sitôt qu'un chef d'État a besoin de solennité, il peut avoir recours à l'*Ode à la joie* : c'est le cas de François Mitterrand qui, le 21 mai 1981, jour de sa prise de pouvoir, entre dans le Panthéon, rose à la main, et le *Finale* de sa symphonie en guise de bande-son ; trente-six ans plus tard, le 7 mai 2017, Emmanuel Macron, s'inscrivant paresseusement dans le sillage mitterrandien, marche d'un pas très lent dans la cour du Louvre pour rejoindre la Pyramide érigée par son prédécesseur, avec toujours, comme bande-son, le *Finale*.

En voie de pétrification, l'*Ode à la joie* se fige dans le cliché de la « rhétorique cérémonielle[5] », et semble avoir perdu, par sa reproductibilité, ce que le philosophe Walter Benjamin appelle son « aura[6] ».

Autre bonne raison pour comprendre que Lud' décide de récupérer sa Symphonie. Il n'a pas composé son œuvre pour pallier les carences de pouvoirs politiques sans horizon...

Mais.

2014.

Au milieu d'un marché d'Odessa, des musiciennes et musiciens sortent leurs instruments et se mettent à jouer le dernier mouvement de la Symphonie, pour s'opposer à l'annexion de la Crimée par la Russie.

Mais.

2022.

Tout un orchestre répète la *Symphonie* sous la direction de la cheffe canadienne Keri-Lynn Wilson.

---

5. Esteban Buch.
6. Dans son essai *L'œuvre d'art à l'époque de sa reproductibilité technique,* Benjamin entend par « aura » le caractère unique, singulier, d'une œuvre. C'est cette « aura » qui est étiolée par sa reproductibilité : « [la technique de reproduction] remplace l'autorité de [la] présence unique [d'une œuvre] par une existence en masse. »

Ce sont pour la plupart des musiciennes et musiciens amateurs : ils forment l'Ukrainian Freedom Orchestra. Face à l'agression russe, face au visage impavide, mécanique de Vladimir Poutine, ces artistes érigent un rempart d'humanité et de fraternité.

En ces temps qui renouent avec le tragique, la *Symphonie* retrouve sa puissance première.

Rien que pour cela, Lud' peut encore nous laisser son œuvre.

Pour aller plus loin…

Philippe A. Autexier, *Beethoven, La force de l'absolu*, coll. Découvertes Gallimard, 1991.

Bernard Fauconnier, *Beethoven*, coll. Folio biographie, éd. Gallimard, 2010.

Romain Rolland, *Vie de Beethoven*, Ominia Poche, éd. Bartillat, 2019.

Esteban Buch, *La Neuvième de Beethoven, Une histoire politique*, coll. Bibliothèque des Histoires, éd. Gallimard, 1998.

Rémy Stricker, *Le dernier Beethoven*, coll. Bibliothèque des Idées, éd. Gallimard, 2001.

DU MÊME AUTEUR

Apprentis sages, roman, Jasmin, 2024.

Des lignes et des liens, Pour un atelier d'écriture créative, essai, Mutine, 2022.

Conte du Boson, Prem'Edit, 2021.

Ressorts, essai autobiographique, Jasmin, 2020.

La main des mots, conte philosophique, Prem'Edit, 2019.

Antonin Artaud, le visionnaire hurlant, biographie, Jasmin, 2018.

Monsieur I, roman jeunesse, Jasmin, 2017.

Profils de plâtre, nouvelles, Mutine 2013.

Après Venise, roman, d'Un Noir si Bleu, 2012.

Le cri de Job, roman, d'Un Noir si Bleu, 2011.

Les enfants d'Héraclite, nouvelles, d'Un Noir si Bleu, 2009.

Une saison en campagne, roman, Mutine, 2008.

Lignes de rive, roman, Mutine, 2006.

WWW.EDITIONSDELAREMANENCE.FR

DÉPÔT LÉGAL : SEPTEMBRE 2024
IMPRESSION : LIBRI PLUREOS GMBH
FRIEDENSALLEE 273
22763 HAMBOURG
ALLEMAGNE